用頭帶背起一座座山

嚮導背工與巡山員的故事

沙力浪——著

目錄

推薦序

用文學背起山的記憶

孫大川
Paelabang danapan

對於原住民來說，最困難的不是法政經濟權益的爭取，也不是學術發言權的奪回，而是歷史主體的重建。這不能由別人來替代，也無法依賴某個個人的努力；它必須是整個群體的共識與覺悟，是一連串長期點滴積累的志業。這一個志業，不單是一種知識的堆砌或建構（就像考古學家、人類學家或歷史學家一樣），而應該同時是一種民族情感和認同的召喚，是一種血肉和靈魂的賦予。它不完全是理性的，它帶動情緒，引發哀痛；但也開啟盼望，讓我們有新的嚮往……

沙力浪的《用頭帶背起一座座山》，正是這樣一種覺悟的實踐，它不是向外的宣示，而是向內的充填，讓我們有機會擺脫「空心人」的虛無和偽裝。沙力浪實踐的腳步，依循著三個方向前進。第一篇嚮導背工與巡山員的故事，引導我們回溯近百年來，族人的山林智慧與生活世界，如何變成別人探索、丈量、規畫的對象？而我們一代又一代的先祖，又如何從獵人、守護者變成任人指使僱用的工具，在自己的土地上流離，淪為「無名」的存在？更令人傷感的是，沙力浪第二篇的文字，帶領我們瀏覽一塊又一塊的碑文，每一塊碑文背後都是族人的血淚故事。日本殖民帝國的力量往高山森林延伸，道路開鑿到哪裡，隘勇線就到哪裡，駐在所、學校和大砲也跟著深入。勞役的剝削和生存空間的壓縮，引發一次又一次的衝突、戰鬥，碑石雖然是為紀念入侵的「英靈」，卻同時也見證了他們的罪行。

佐久間左馬太（總督任期：一九〇六—一九一五）武力掃蕩為主的五年理蕃計畫，全面掌控了中央山脈原住民各個族群及其部落。拉庫拉庫溪沿線的布農族聚落，面臨結構性的變化。隨後的集團移住政策，終於成功誘使布農族人從原居地往山下移住，卓溪、卓清、太平、清水、古風等村落即是族人遷徙的結果。舊聚落荒廢了，也成了「國有地」；族人的血脈系譜，被新的戶籍制度摧毀了。這是背工、巡山員和百年碑石共同指向的命運和結局。沙力浪將它稱為「淚之路」（第三篇），應該不是出於浪漫的想像。有趣的是，沙力浪的「淚之路」，是從尋找、重建佳心（kashin）Istasipal家族的Banitul之一座小小的石板屋開始的。與前兩篇的筆調和氛圍完全不同，沙力浪敘述重建Banitul石板家屋的過程，雖面對內外總總不同的困難和壓力，卻充滿虔敬、耐力和信心。原來這一段「淚」之路，已經不再是對過去族人命運的悲嘆，而是將背工、開路、隘勇線、駐在所、戰爭、集團移住、碑石、荒廢的遺址和記憶，藉一塊一塊石板的堆疊，細細縫合、重建起來。這才是真正歷史主體性的確立，最困難卻是我們未來必須全力以赴的工作。

寫序的這段時間中，剛好是「山海」承辦第十屆原住民族文學營，四天三夜的活動選在沙力浪的家鄉卓溪舉辦。其中一天是回到佳心石板屋的行程，來到沙力浪這本書的文學現場。沙力浪說，希望我的序能有真實的臨場感。

部落的參訪，沙力浪動員了不同家族，就像是重現石板屋修復工程，不是一個人可以完成。來到沙力浪的工作室、中平林道，接送的司機都是參與石板屋重建的工班。當天來回佳心石板屋之行，有Tamapima的Sauli陪同，在〈淚之路〉那篇文章中，沙力浪提到他在佳心報戰功的情形，這次他則負責帶領我們回佳心。另一個嚮導是Istasipal石板家族的成員張緯忠。一路上，兩位族人將自己回到祖居地的心路歷程與我們分享，引導大家深入中平林道以及佳心舊部落空間以外豐美的歷史追尋之路，直接探觸到族人重建Banitul舊家屋的渴望、矛盾、虔敬、辛勞、堅忍與最後的喜悅。

來到石板屋前，張緯忠先進到家屋內，將三石灶（bangin）起火。張緯忠說這是為了讓升起的火煙燻屋內的樑柱，避免蛀蟲的侵襲，也讓祖靈知道，孩子們回來了。Sauli帶領大家向祖靈祭告、獻酒、禱祝。回到祖居地，不單單是石板屋的修復，與祖靈和解、對話，重新聯結，更是族人最深的盼望。

站在石板屋前，看著族人一塊又一塊背上來的石板，壘堆起來，疊成了一座石板屋；而沙力浪的文學敘述，也像一個接一個的記憶堆疊，藉文字的縫合，編織成可以感受得到、觸摸得到的活的歷史意識。

二〇一九年九月六日

作者序

高山協作的背架

先用一首詩，寫給在深山中工作的人，寫給書中的高山協作、高山嚮導、巡山員，這些人的背架裡到底裝了什麼，是裝了文化、經濟、生命經驗？透過這首詩來呈現高山工作者的心情，詩名為〈高山協作的背架〉：

裝進奶粉罐
一步一步地踏進
祖先的路
將嬰兒祭的項鍊
放在東谷沙飛

背著背架
一路上採集
玉山薊、麥門冬、射干
金線蓮、七葉一枝花、梅花、菊花
帝雉的羽毛
登上玉山

背架裡
裝進逝去的棒球夢
梅花鹿般的跳躍
穿過竹林
攀上大霸尖山

背架裡
裝著

細心呵護的
櫻花鉤吻鮭
走向南湖大山

背架裡
裝進一座獎臺
連續登上
三六〇三公尺[1]、三二七九公尺[2]
三五六四公尺[3]、三六三〇公尺[4]
放在第一百座的山頂上
請授獎人站在榮耀的頂端

高山協作的背架
很高
高到可裝進
三〇〇〇公尺的百岳大山

從清朝的背伕、日治的背工、隘勇，當代的高山協作們，會在山上工作的族人，大部分還是以生存為主要訴求，這樣才能夠溫飽家人，才能講求更深一層的心理、文化層面。在高山工作是一份很辛苦的職業，但是對族人來說，它是一份少有可以留在部落，又可以在傳統領域行走的一份工作。透過這份工作看到自己祖先走過的路，族群的歷史感自然而然的就加注在自己的身上。或許對在山上工作的人來說，不會把深奧的族群文化、族群認同，輕易說出口。但是這群在山上的族人們，用腳走出自己的路，用頭帶背出自己的生命經驗，說出祖先的歷史。

二〇〇〇年我第一次被林淵源大哥帶去山上，那時候我不知道為什麼要進山林。只知道我要回到祖居地，祖居地對我來說是一個很模糊的名詞。其他的事情我一概都不知道。進入山林，也不認得山的名字，祖居地有哪些部落，哪些部落名。

後來，只要大哥在玉山國家公園內的工作，有任務進入山林，都會問我有沒有空一起進入山林。就這樣斷斷續續的進入祖居地，接近二十年了。開始了解到山對我的意義，它不單單是一個空間，還有我族群的歷史在裡面。

斷斷續續的進入山林二十幾年，我進入了協作的生活中，慢慢的發現，有一群族人，要靠山林生活，要靠山養活全家，這是一份艱苦的工作。我從拉庫拉庫溪流域空間

走過的路，都試著拍攝並記錄下來。

的書寫，慢慢用筆記錄高山協作的生活。有時自己也背負重物，擔任起高山協作的工作。幸好大哥們，知道我一路上要拍攝、記錄，不會分配很重的東西。也因為這樣，可以專心的寫下一路上的事物。

走進山中，靠著大哥們的協助，讓我完成了第一篇〈用頭帶背起一座座山〉，寫給曾經在這群山中工作的族人，日治的阿美族、平埔族隘勇、布農族背工，當代的高山協作、高山嚮導、巡山員。這群人，讓山增添了許多故事，而我也參與其中，讓我的生命有了不一樣的體現。

由於學業關係，開始鑽研自己拉庫拉庫溪流域的歷史，對這個空間有一些書寫。有些人就會請我當高山嚮導，讓我介紹拉庫拉庫溪流域的人文歷史。但是，我看到的書籍，都是以日本的觀點為主。尤其往瓦拉米、大分的路上，都是日本建立的紀念碑。

幸好在進入山林的過程中，我一直拿著攝影機做記錄。我把這些影像，重新整理化為文字。我看著自己跟著林淵源大哥站在

張緯忠較晚跟著林淵源一起入山工作，每次入山都很積極向大哥問山名、山林的故事。

歷史現場的影像，他站在紀念碑前，說著老人家傳給他的口述歷史，每一個歷史都呈現別於文本的內容。回到山下再找一些耆老，如黃泰山耆老，一句一句的把喀西帕南述說出來。這些文本與口述的交錯，形成了第二篇文章〈百年碑情〉，記錄著布農族人與日本人的百年悲情。

最初跟著林淵源大哥上山，我一直抱著很單純的想法，就是把他走過的路線、部落的地名、河流的名字，山中的故事，一一的記錄下來。有時候，走在古道，走在稜線上，心中會默默的想，當我們這一代族人不走這條路，下一代族人應該沒有人會想要來這裡，布農族人對這裡的空間知識，都可能化為文本。

退伍之後進入職場，較少去山上，但是只要林淵源大哥問，要不要回祖居地，一定會排除萬難跟著上山，尤其是看到大哥逐漸年邁的身軀，想要抓住每一次的機會，希望留住大哥山林知識的隻字片語。二〇一六年，林淵源大哥走進布農族的Mai-asang，布農族美好的國度。我從Qaisul大哥，改叫他為Nas Qaisul。布農語人名加Nas是為亡者。大哥的離去，讓我以為山中的一切都即將回歸大自然，沒有人會再回到祖居地。之後，我發現曾經被大哥帶過的協作，開始帶自己家族回到祖居地，有人循著大哥的口述，找到自己的家屋，人慢慢的走回去。

每次上山都會帶攝影機，用影像記錄每次的行程，最重要是記錄大哥們在山上的故事，於米亞桑溪右岸。張嘉榮拍攝

二〇一七年，開始接觸到家屋

修復的工作，讓我重新跟高山協作一起工作，一起重建家屋，一起作夢。在傳統領域內家屋的修復，是我進入山林中從來沒有想過的事，尤其這個地方早已被國家畫為國家公園和林務局。修復家屋的花蓮文化局陳孟莉，影響她想要進行這件工程的觸因是看了兩本書，一本是林一宏的拉庫拉庫溪布農族家屋的調查，另外一本就是我寫的碩士論文，探討拉庫拉庫溪地名的轉變研究。兩千年的第一次入山，就是跟著林一宏進入山林，那一次就是林淵源大哥帶路，我的碩士論文也是大哥帶領我。原來每個人都是另一個人的啟發點。一個人啟發另一個人的想法，又推動另一個人的想法，眾人的互相影響下，家屋就這樣被修復起來。我把這一段修復家屋的過程，寫成本書的第三篇文章〈淚之路〉。

進入山林的這段時間，我曾經這樣的認為：怎麼可能在傳統領域修復家屋。現在，石板屋的修復，讓我想像的界線更為寬廣，我希望傳統領域能重建幾棟家屋，連到西部布農族聚居地南投東埔部落。這樣可以像其他國家一樣，進入八通關越嶺道路的山友，可以住進族人所蓋的石板屋。山友拜訪的同時，就好像走進村落的生活一般。

我無法想像，這一本書，可以影響多少人，改變多少事。但是我寫出了臺灣這一塊土地，不一樣的人、事、物。讓更多人看見高山協作、高山嚮導、巡山員等高山相關職業故事，了解到有一群人在山林中，努力的工作著、努力的生活著。

感謝山海文化雜誌社每年持續舉辦臺灣原住民文學獎，如果沒有文學獎的激勵，幾乎沒時間把手邊的田野資料，整理成這三篇文章。這三篇都是因為參與了山海舉辦的文學獎，才能讓這些文章得以呈現。

◆〈用頭帶背起一座座山——嚮導背工與巡山員的故事〉，得到二〇一三年臺灣原住民族文學獎——報導文學。

◆〈百年碑情〉，得到二〇一五年臺灣原住民族文學獎——報導文學。

◆〈淚之路〉，得到二〇一八臺灣原住民族文學獎——報導文學。

最後將本書獻給在佳心工寮，因病身故的工班班長陳中正大哥（Nas Bade）、教我編頭帶的黃泰山耆老（Nas Bisazu Naqaisulan）、帶領我回到祖居地Mai-asang的林淵源大哥（Nas Qaisul Istasipal），還有卓溪鄉高山協作資歷最早的林啟南阿公（Nas Laung Istasipal），也在這本書成書前，離開人世。雖然你們回到天上的Mai-asang，但是你們的故事，豐富了這一本書。

1. 向陽山。
2. 轆轆山。
3. 雲峰。
4. 大水窟山。

第一篇

用頭帶
背起一座座山

從頭帶開始說起

我們布農族的祖先，運送物品都是以人力搬運，所以製作很多器具來做背負的工作。像是背架（patakan），一種用木頭製作的背負支架，側面看起來是L型的背架，類似後來由登山用品社引入的大鋁架背包的構造；還有背簍（palangan）、密封背簍（palangan qaibi）、網袋（davaz）、女用網袋（sivazu），這些都是布農族人重要的背負工具，大都是採用斜紋編法或六角編法編製而成的。

這些背負工具，不能缺少兩個附屬物件——肩背帶（vakil）和頭帶（tinaqis）。利用這兩個藤編物品的附屬物件，就會形成兩種不同的搬運方式，雙肩背負及頭額頂法。雙肩背負是將物品裝置在搬運工具，將一對背帶套在雙肩，靠在背上搬運；頭額頂載法則是將一條頭帶頂載於前額，以頭部力量撐住，將背簍等背負工具靠額頭搬運。

所以用肩背帶的時機，是我們背負的物品，重量沒有那麼重時，就可以使用肩背帶。我們稱雙肩背負這個動作為vakilun。背負的東西比較重時，就用頭帶，我們稱用額頭頂重物這個動作為patinbunguan。

肩背帶通常是背負較短的行程，例如從家園附近的耕地，背一些農作物。頭帶則是東西較重，背負的行程也比較遠，例如從獵場背負獵物，頭帶可以讓族人在背負重物時走得比較久。我們就從頭帶開始寫起，因為我們討論的高山協作，都是背負重物，並且

黃泰山帶著裝有肩背帶的網袋，劉曼儀頭頂著頭帶背著背簍。

戴著網袋的學生。圖片來源：《臺灣蕃界展望》

女性的袋子，可以裝農作物，也可以用來背小孩。

中平部落的婦女用背簍裝滿小米。

要走較長程的登山路線。

二〇〇〇年的日治八通關越嶺道路調查之行，從東埔走到南安部落。在離開大分的那一刻，〈背負重物傳訊歌〉（matin lumaq）的音律，緩緩地由領路人林淵源的腹中升開、凝聚，流洩至唇齒，振顫、共鳴、回響，清澈的歌聲，一聲聲迴盪在大分的山谷間。

頭上包著毛巾，額頭戴著頭帶，腳穿塑膠雨鞋、肩上背著「鐵架配米袋」搭湊的登山背包。在這一身的裝扮中，最引人注目的就是頭帶，以前的族人就用頭帶背負重物，現在很多背工則使用L型大鋁架搭配頭帶，來減少肩膀的負擔。早期頭帶使用的是黃藤皮編織，隨著時代的進步與材料的取得方便性，已經漸漸改採用打包帶來作編織，頭帶的編織方式雖然各族有所不同，但是編法主要以斜紋編法，戴在頭頂上，也很像頭上的裝飾品，煞是好看。

我頭上也頂著頭帶，這是從笛娜的背簍拿下來，我把它裝在大鋁架上，讓我可以行走在山林裡。部落大部分的頭帶，都是黃泰山長老製作出來的，部落只剩下他一個人用藤製作頭帶，所以部落的族人，大部分都是使用Bisazu製作的頭帶。現在的編織物有打包帶和大自然的黃藤（quaz）兩個原料，這兩個素材他都可以製作出來，編織出一個又一個傳統且實用的編織品。

黃泰山展示他完成的頭帶。

頭帶使用的位置其實不在前額處，而是在頭頂前三分之一靠近前額處，使用時頸椎一定要呈一直線，不可以抬頭仰望。

頭帶是我目前最常使用的物品，每次上山都要跟笛娜借，深怕哪一天被我弄丟，於是抽空跟黃泰山學習製作頭帶，一個月的學習中，讓我擁有專屬的頭帶。出生在拉庫拉庫溪太魯那斯的Tina Umav，已經九十多歲，曾經跟我說過，以前藤編只有Isbabanal這一個氏族才可以編，其他家族都要向他們以物易物，來換編織物，她如此說：

naitun maqansia matas-I balangan、tuban、sivazu、davaz、at talangqas、kaupakaupa tindun qai Isbabanaz a tindun, maqa ata qai mabaliv ata,

只有他們可以製作背簍、籐篩、網袋、talangqas，只有Isbabanaz氏族才可以做這些，其他氏族就向他們買。

這個專屬Isbabanaz的編織技術，其他氏族編織是禁忌（samu）。在時代的變遷，氏族互為交流下，技術廣為其他氏族學習，就像Bisazu他是屬於Istasipaz氏族。現在的年輕人卻越來越少人學習這

背上背著密封背簍。劉曼儀拍攝

項傳統技藝，未來不知道這個美麗的編織物，還能不能在山上看得到。

頭帶是原住民嚮導和高山協作上山一定會攜帶的物品之一，這個編織物可以讓我們從眾多的山友中，猜出這群戴著頭帶的人，具有原住民的身分。但是，現在也越來越多的平地人，開始學習使用頭帶。使用頭帶需要經過練習，否則會造成頸椎的傷害。頭帶使用的位置其實不在前額處，而是在頭頂前三分之一靠近前額處，使用時頸椎一定要呈一直線，不可以抬頭仰望，所以視角要看著地面。頭帶平時可以綁在肩帶固定帶上，在背負比較重的時候、或長時間行走時，來減少肩膀的負擔。

隊伍當中有人因為受傷、疾病無法行走，排除頸椎、脊椎損傷的患者，也可以透過頭帶跟登山杖來搬運傷患。靠著兩支登山杖，一個頭帶，一條布繩，能背動一百公斤的人，無論再遠的路，再重的傷患，都可以用頭帶把人帶到安全的地方。

頭頂著頭帶的林淵源，把我帶入布農族的傳統領域中，也是第一次聽到巡山員這

與黃泰山學習藤編頭帶。劉曼儀拍攝

傳統藤編織成的頭帶。阿美族高山協作，周平成（Lo'oh Sako）。

個工作職位名稱，才知道有一群布農族人在自己的祖居地，為外來旅客、學術團體做嚮導背工的工作。在這十幾年中，我因為林淵源大哥的關係，有機會持續地進入山林，讓我認識也是頭頂著頭帶的一群族人，他們各自有不同的身分，高山嚮導、背工、巡山員等，雖然不同的職位名稱，相同的是他們用自己的力量在祖居地工作。

那族人們的實際工作情況又是如何呢？人們對這份工作的想像又是什麼呢？這些問題是我在二〇一三年前往祖居地馬西桑的行程與一群旅人的對話中，產生的小小的疑問。那是行程的第二天早晨，當天的晨曦很美，金黃的光暈輕輕淡淡，灑在林淵源及高忠義（Tiang Tanaouna）等巡山員的身上。當我們在瓦拉米山屋前整理背包時，一位旅人看著我們說：「你們要去哪裡啊？」林淵源回答：「我們要進去大分。」旅人說：「你們要去幾天？要做什麼啊？」林淵源笑著說：「大約還要走十幾天，我們

目前登山用品社就可以買得到簡易的頭帶。作者的二哥趙聰華（Laung Takisvilainan）。

是國家公園的巡山員，要巡山。」

旅人興奮地說：「那麼好，可以邊工作邊看風景，還可以與青山綠水為伴。」一般遊客只能走到瓦拉米山屋，再往裡面走就是國家公園生態保護區，要經過國家公園管理處的許可才行。所以聽到我們可以輕鬆自在地在大自然中工作，生起羨慕之心。

與山林為伍的工作，真的如此浪漫嗎？這種對山林工作的浪漫之心，不只當代才有這樣的感覺。日治時期，鹿野忠雄的《山、雲與蕃人》書中，寫到當他聽到布農族的歌聲時，「歌聲響徹森林，引起一陣不可思議的迴響。從原始人口中流洩出的原始韻律……穿透我的靈魂。」[1]跟著布農族上山工作的時候是他最得意，而且最有活力的時候。他認為布農族的高山嚮導具備古武士般高雅的氣宇與重視情義、負責到底的作風[2]。族人出現在文學作品中，呈現了一股浪漫的想像。

這讓我興起寫有關於布農族族人，在傳統領域的山林中，真實的工作環境。本篇利用兩次進入玉山國家公園的行程，第一次為二〇一二年十月二十九日至十一月九日的清朝八通關古道調查，簡稱為清古道行程。另一次行程為二〇一三年四月十九日至四月三十日的日治八通關越嶺道路，祖居地馬西桑之行。接下來的幾篇文章以清古道為主，日治八通關越嶺道路為輔，將兩次的行程，以巡山員和背工為主題，搭配一些歷史事件及族人在山中工作的狀況。

我將從頭帶開始說起，說出山林工作的這群人，如何背出自己的山。頭帶雖然是背簍、網袋、背架的附屬器物，但在背負物品，用頭帶頂於前額時，卻可以固定貨物，不至於行走時滑落，並使行走時承受重力較為輕鬆。讓頭頂背起重物的族人，用背簍、網袋、背架，一步一步地寫出山林的故事。將〈背負重物傳訊歌〉的音律，傳唱給更多人。

1. 鹿野忠雄著、楊南郡譯註，二〇〇〇，《山、雲與蕃人：臺灣高山紀行》，臺北：玉山社，頁九五。
2. 山崎柄根著、楊南郡譯註，一九九八，《鹿野忠雄：縱橫臺灣山林的博物學者》，臺中：晨星，頁一五四。

頂著頭帶的領路人

本次八通關清朝古道東段的探訪路線，參與的人員有：林淵源、林志忠、江志龍、高志成、吳俊杰（以上為玉管處巡山員）、林秀山、林孝德（兩位為擔任背工的卓溪村民）、趙聰義（筆者）、張嘉榮、黃秋豪、林祐竹、方翔。

二〇二二年行程

D0　十月二十八日　豐原↓東埔

D1　十月二十九日　東埔↓對關後約12．3K C1

D2　十月三十日　C1↓觀高↓高繞八通關前大崩壁↓八通關草原↓中央金礦C2

D3　十月三十一日　C2↓杜鵑營地↓南營地↓大水窟山屋C3

D4	十一月一日	C3→米亞桑溪C4
D5	十一月二日	C4→公山南鞍→Nunusun舊部落C5
D6	十一月三日	C5→馬霍拉斯溪C6
D7	十一月四日	C6→阿波蘭谷地C7
D8	十一月五日	C7→馬嘎次託溪C8
D9	十一月六日	C8→二三三〇峰下的Lambas C9
D10	十一月七日	C9→阿不郎山→塔洛木溪C10
D11	十一月八日	C10→阿桑來嘎山→玉里山叉路口→卓溪山產業道路→卓溪

雖然二十幾年前，林淵源跟著東埔的耆老、楊南郡老師走過，但經過二十年的時間，路徑已湮失於榛莽荊蔓中或坍塌傾頹，為免遺跡就此荒廢，玉山國家公園委託學術單位，再次進行現況研究調查與記錄。這次行程領路的是林淵源，他曾經多次帶領學術團隊入山，大家也都很習慣。

二〇二二年十月二十八日，我們從花蓮玉里坐火車到臺中豐原，再轉車到東埔。

「東埔」一詞譯自於鄒族語「Tunpu」，為「斧頭」之意，因往昔鄒族在此製造石斧而

高山協作與清古道。

得名，該地曾為鄒族的領域。約十八世紀末，原居住在郡大溪流域的郡社群人，為尋求新的耕地與獵場而移居此地，東埔便成為郡社群的聚落。而群居東埔之布農族人（郡社群），稱此地為「hanupan」，譯為「獵場」之意。

我們今晚住宿的地方為東埔溫泉區的原住民東埔會館，這裡屬於東埔二鄰及五鄰，為東埔溫泉所在地，目前是觀光溫泉區，居民多數是戰後才移入此地。位居下游的三鄰與六鄰，則是原屬於布農族 Taki havilan的布農族聚落。四鄰又稱下東埔，為漢人聚落，居民多是日治時期招來從事林木砍伐的工人，戰後便定居於此。民國七〇年代，東埔是當時高山嚮導最多人參與的部落，當年實施高山嚮導制度，嚮導必須領有高山嚮導證，但那只是名義上而已，實際帶路的原住民則被稱為「山地服務員」。

我們在東埔停留的這一晚，一同拜訪了林淵源的師父伍萬生，族名Akila，他是六〇、七〇年代的「山地服務員」，目前還健在的族人。但是，他常

東埔部落。

年背負重物的影響下，已不良於行，只能躺在床上。他曾背著重物跟著山岳界四大天王遴選百岳名單，並與楊南郡一行人調查清古道。林大哥因為多次跟隨他的腳步進入山林，從他身上學到許多山林的傳統知識，所以稱他為「師父」。

聊天的過程中，我提出布農族語應該要如何稱呼領路的人，Tama Akila提到以前族人稱為「lavian」，但是這個詞比較像戰時領袖。林大哥提出sanadan這個稱呼：「at tupaun mita aipa tu sanadan, ita makis isabinaz qai paun ta sanadan tuna sia ta maqo sanadan tu makuaq ata tastu lumaq.」（如果只是為家族帶路，認路，帶領家族的，我們就叫他sanadan。）

隔天，十月二十九日，我們開始這一趟的行程，我們從東埔溫泉出發，到達東埔登山口，才走幾步路，就可以展望整個東埔一鄰，靜靜座落在位於濁水溪上游的陳有蘭溪與沙里仙溪交會處的平臺上。

就像一般的部落，安靜，實在看不出清兵曾經在此駐紮，人數約有百人，根據東華大學教授宋秉明、助理張嘉榮提到這個東埔一鄰就是東埔社心。[1]這個地方經歷多次朝代的風雲變色，根據邱敏勇、高有德透過文獻指出，至光緒三年四月，吳光亮移紮璞石閣前，東埔可能是中路沿線最大的營盤址，也是全軍軍需補給之中心，與當地的居民接觸極為頻繁。也在這裡挖陶瓷片，以及少數銅錢及槍彈。日治時期為「臺中州新高群東埔社」，現在則屬於玉山國家公園範圍內，是東埔布農族人集中聚居之處。

《臺灣前後山全圖》將大營位置標示在東埔坑頭，陳坑、八母坑、雅托、打林社與黃崎山間，璞石閣皆有「營哨」、「塘汛」等圖案，我們這次就是要循著圖中的路線前進。

這一趟清古道之行，我們跟隨著林大哥腳步，他是我們這一趟行程的sanadan。雖然中文和族語無法相對應，但都有「指路的人、帶領整個團隊」的意思。就像在二〇一二年十月三十一日從中央金礦到大水窟的行程中，經過杜鵑營地後，遇到危險的崩壁地形，林大哥先下鋁架背包踩出踏點，再指導其他人通過。

每次前方沒有路徑時，林大哥總是右

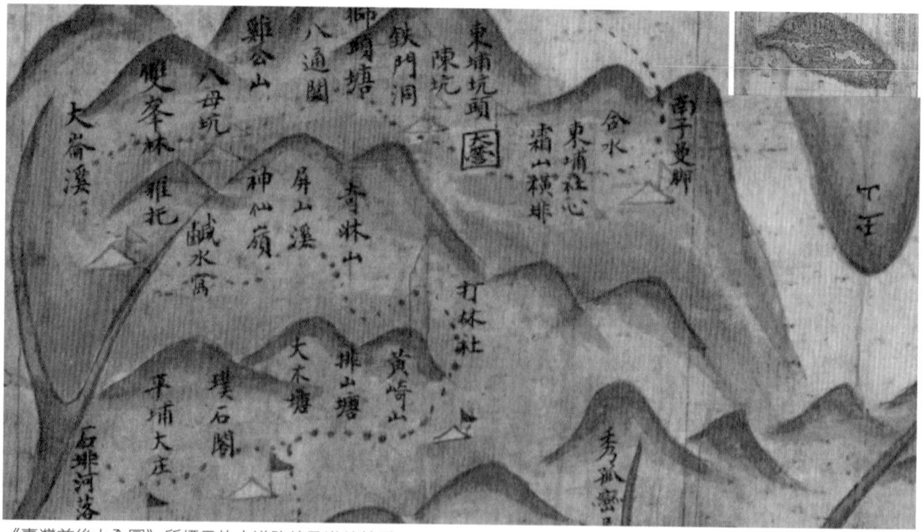

《臺灣前後山全圖》所標示的古道路線及沿線據點。
資料來源：數位方輿，http://digitalatlas.asdc.sinica.edu.tw/map_detail.jsp?id=A103000058

在米亞桑紮營處，出發前，請大哥說出這裡的地名、溪名。

跨越米亞桑溪。方翔拍攝

手拿著刀（via），砍草找路，雖然額頭上頂著重物，腳步仍穩穩地向前走。在山中，很多決策都是大家討論，再由林大哥對山林的認知做決定，如二〇一二年十一月二日，從米亞桑到臼（地名，Nunusun）的行程中，走到公山前，林大哥說：「前面的路壞了（指崩塌），看不清楚古道的路跡，從這個位置來看，似乎不太好走。」古道本來越過越嶺點沿著前方繼續腰繞，但古道已崩塌。這時要決定是否跟著以前的隊伍的行程記錄高繞。就在大伙還在思考如何繞道時，林大哥於是說：「往上走會走很遠，看！崩塌下方已經長出高大的樹木，應該可以繼續前行。」林大哥從他對山林的認識，決定直行崩壁。這就是林大哥，擁有豐富的山林知識，帶領著我們往前走。

這一天十一月二日的下午四點半，我們到達一處赤楊林，樹林底下是一個超大開闊地，我們決定在這個開闊地，搭建我們今晚睡覺的營地。赤楊是我們布農族人一種很重要的樹，族人開墾新耕地，會先在新開墾地種赤楊樹，來判斷這個土地是不是適合種農作物。而我們選到住宿的地方，從文獻看來，這裡附近應該是清朝地圖，標示為雅托的清營舊址。

根據《道咸同光四朝奏議選輯》，清朝的開路大隊一八七五年（光緒元年）八月八日，抵達雅托。他們經過了鐵門洞、八同關（今八通關）、八母坑、架札（今大水

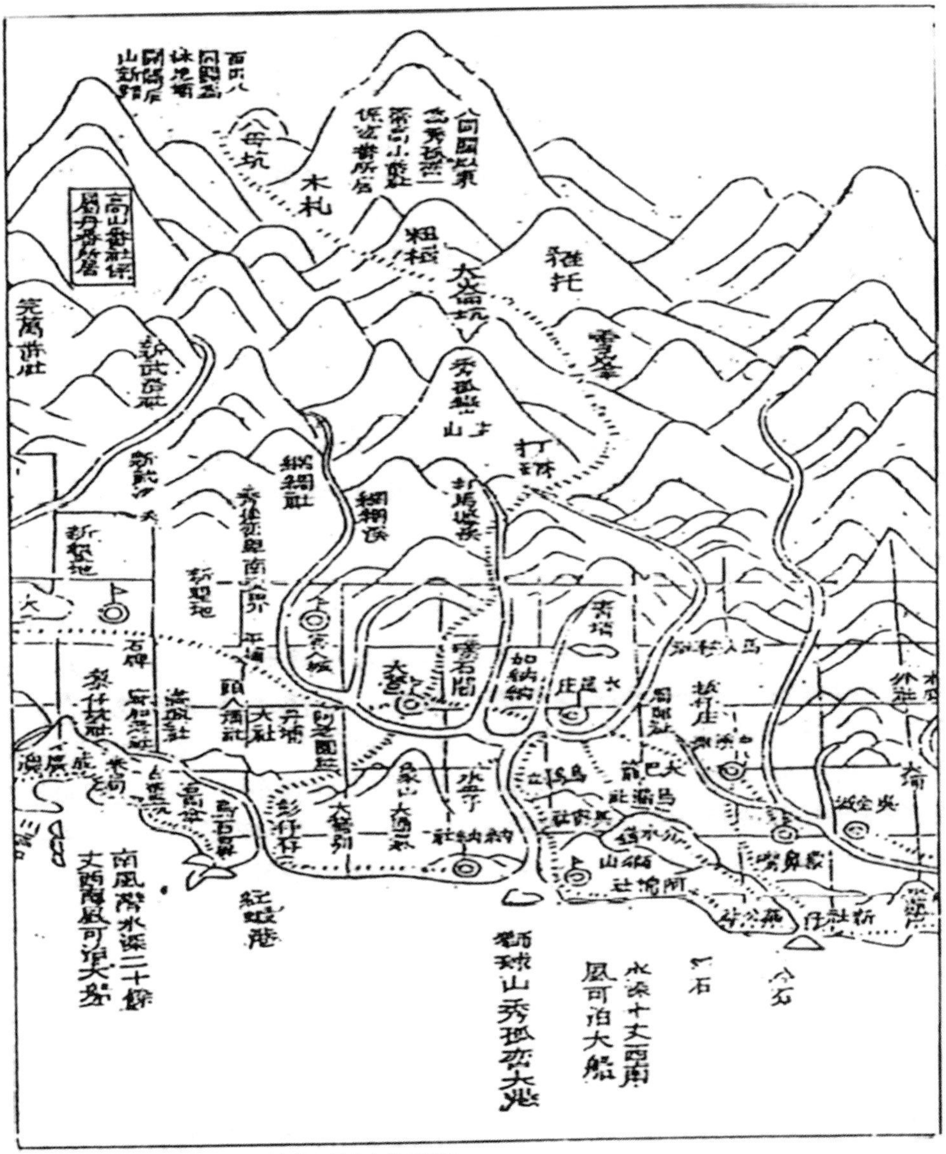

〈臺灣輿圖〉描繪的八通關古道東段，圖中有標示雅托。

資料來源：楊南郡、王素娥，一九八八，玉山國家公園八通關古道東段調查研究報告，玉山國家公園管理處。

於米亞桑溪右岸，出發前，請林淵源大哥說出河流的名字，部落的遷移，這些都成為我們創作的依據。張嘉榮拍攝

窟），越中央山脈經雙峰仞、粗樹腳、大崙溪底，到雅托，共計七十九里（約四十五公里五百零四公尺）。沿途建設塘坊卡所十處，由副將吳光忠等各率所部填紮。雅托之後的路程，清朝先叫先前派遣哨弁鄧國志，去璞石閣（今玉里）顧用當地的民番，應該是阿美族和平埔族人，反方向開路，以期前後接續，其所開通路亦有十九里（約十公里九百四十四公尺）。[2]

我想像〈臺灣輿圖〉圖上標有營哨的雅托，當兩邊開路的隊伍，在海拔二千公尺的雅托相會，是多麼熱鬧。有清兵、一般平民、阿美族，平埔族群，在此聚集。布農族人，不知如何看待這一些的轉變。看著天色已轉為夜晚，我只能靜靜看著，看著清朝人如何將這一條道路，標上地名、標上道路的虛線。

圖中出現了打淋社（塔塔木，tatalum）和雅托（那那託克，nanatuh）等兩個部落的地名出現，這兩個部落都是

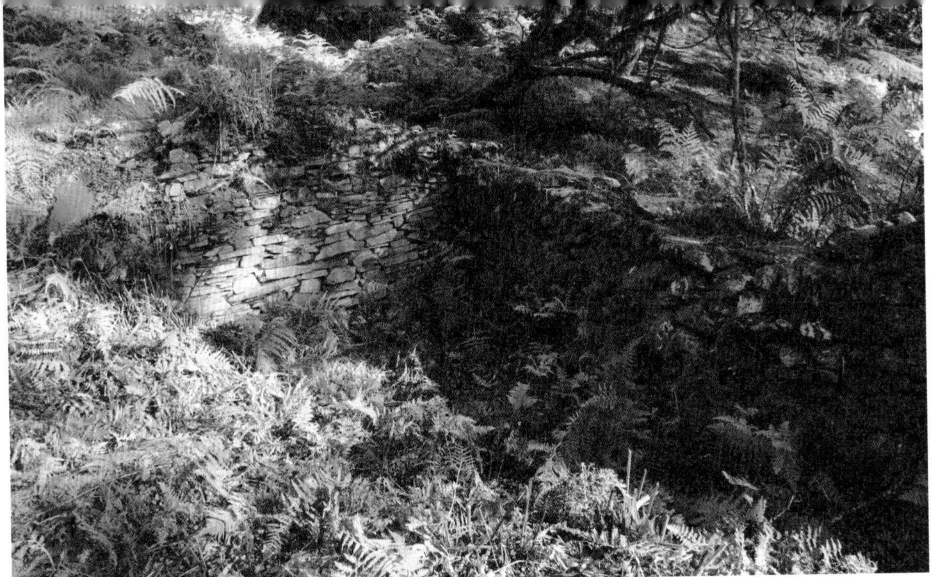

紮營處東方不遠處即有一間保存良好的布農家屋遺址，這裡在清朝為雅托的清營地。

位在拉庫拉庫溪流域的北岸，而清代八通關古道就是沿著北岸開路。這是臺灣輿圖所描繪的八通關古道東段，是以類似山水畫的方式標記古道路線與沿線地名。

在整理營地時，找到一只陶瓷殘片，讓我們疑惑的是，在相關文獻裡，清軍開路、選擇營盤地的位置時，都會刻意避開部落。這只清兵的陶瓷，怎麼會遺留在布農族遺址？我想像著這個小陶磁是如何進到這個部落。他跟部

粗瓷大碗殘片，福建德化窯。

落的家屋主人是好朋友？布農族人與清軍作戰，從留下的行李拿走了這個大碗？或者是這裡的布農族與清軍以物易物交換得來的？清兵在老人家口述的樣子：

Uu! Maszang mita. .....Lusqa madopus a. .....Altupa tu bananaz hai pidohpusun a qulbu.Tupaun mita qabas Toluu tu 清兵，清朝時代的人。

對！就像我們……頭髮長長的……雖為男生卻留著長髮。我們以前稱他們為Toluu（外省人）的清兵，清朝時代的人。

族人對清兵最大的印象，就是留著一頭長髮。清軍的進入，不知道對布農族帶來多少影響，他們進入布農族的領域也只有短短幾年，這條道路就因為太難維修呈現毀壞的狀態。就像〈臺灣輿圖〉中，它是以虛線來畫出這條清軍建造的道路。我在營地中，想像著族人口中的清軍，留著長髮，細算著山中的歲月。

這一天晚上，林大哥煮了麵疙瘩，開始調整糧食。晚餐後，林大哥喝了一點小酒，故事一則一則從他的口中說出來，他說這部落遺址叫做Nunusun，在那那托克部落之前。後來霧散月出，星星也出來了，超美的！今天一整天幾乎都沒下雨，真是上天

林淵源大哥用手壓出聲音patinpaq或patiqto。因為我們看不到靈，用此方式讓祖靈聽到我們的到來。劉曼儀拍攝

（Diqanin）的保佑。這裡約海拔兩千一百公尺，在我們對清古道的認知上，古道通常會繞過部落，林大哥說古道其實有經過部落這邊，這次學術探勘行程的計畫主持人阿弄也說，雖然文獻說清代古道會避開部落，但推測清兵開路時應有布農族人帶路。

二〇一二年十一月三日早上八點半，我提前到營地前方的家屋，清理家屋的地面。林大哥說家屋後方都是小米田，以前這裡應該沒這麼多樹，而且這裡都是向陽性的赤楊，枝葉稀疏，林隙很大，以前應該是日照充足的地方。文獻記載太魯那斯是最高的部落，但是我們來到的Nunusun應該才是最高的。林大哥說他上一次上來的時候，都是芒草，不知什麼原因，芒草都已清除乾淨，可能是水鹿群生長得太好了，以至於芒草都不見了，這樣在整理家屋時，也容易了一些。

二〇一二年十一月四日早上九點一分，我們看到一座家屋，家屋門口的下方，似乎也是耕地，未下去看。此家屋還

於太魯那斯家屋，一個很完整的家。有柱子，有三石灶。 劉曼儀拍攝

有入口處的石階，非常特別。林大哥說此地為檜木（Banhi）居多，所以稱為檜木之地（Banhilan）。林大哥指著家屋正上方的二葉松上有好大的熊窩！這個時間這個海拔，等於是進入熊的國度！

二葉松上有好大的熊窩！

下午兩點，我們來到了阿波蘭水池（Qaqatu），布農語是說這個地方位在凹形處，在阿波蘭水池的下方，有一個完整的石階群，這裡的石階採用各類大小不一的石塊堆砌而成，有的以大塊石層層堆砌而上，有的以小塊石水平堆疊的方式砌成，石階在山

清古道若在山勢陡峭處，古道會以「之字形」形式盤旋而上，坡度也會較為陡峻。張嘉榮拍攝

徑轉彎處修砌出優美的轉折。

我站在石階上看著這條古道，一條影響布農族人傳統生活的道路。根據楊南郡的〈玉山國家公園八通關越嶺古道西段調查研究報告〉，這一條是由清朝總兵吳光亮率領飛虎軍於一八七五年闢建的「中路」，現在列為一級古蹟的「清八通關古道」。報告提到東埔布農族族人曾擔任挑夫，運補食糧用品，並協助搬走開路所掘出的土石。布農族的傳統生活裡，挑負工作本來就是農、獵生活中不可或缺的一環，這條道路的設立，讓布農族人的挑負工作，進入了有組織、有制度的「工作職場」。

清兵建造的八通關古道，基本上是沿著山脊稜線修築，跟著稜線的走法，其實就跟我們的部落路或獵路一樣。走在這條道路上，我心中想著，不知道清兵在選擇路線的時候，有沒有參考布農族人的獵徑？或許清兵的領路人，會不會就是布農族的獵人？這些問題在我的腦海盤旋。

對於這些漂洋過海的漢人來說，臺灣土牛界線內的山林是一個蠻荒之地，面對蠻荒、未知的恐懼，使得漢人常將山林這一個空間再現為妖魔化的形象。在山下看到的文獻，像是番俗六考、夏之芳〈臺灣紀巡詩五十八首之五十三〉、馬清樞〈臺陽雜興三十首之十四〉、吳性誠〈入山歌〉，都提到住在山上的人都是可怕的，就像動物一樣。既然是恐怖的空間，就要找一個認識這塊地方的人來帶路。當部落的人看到一千五百名的人，突然湧進山林裡，心中應該會有很多問號，一大群人突然跑進山林，這個數目比任何一個家族、部落都還多。但這個隊伍，如果有一位臉孔是布農族的長相、布農族的穿著，我想族人的疑慮會減少很多。只是沒有想到，這一條路開通後，會將布農族人帶向何方。

對當時的漢人來說，山林是一個充滿恐懼的地方，什麼原因讓他們進入山中，開鑿這條道路呢？這應該是因為清同治十年（一八七一年），琉球宮古島民因風漂流到臺灣南部的八瑤灣，誤入牡丹社，為社民所殺。日本一向覬覦臺灣並以琉球宗主國自居，故

清朝用巨大的板岩建立的階梯。位在第一階的為黃秋豪。張嘉榮拍攝

於同治十三年（一八七四年）以懲兇為由發兵臺灣。至同年十月，經英公使調停，始定約於北京，日本依約退兵，史稱「牡丹社事件」。日本在牡丹社事件後，清朝要表示出：後山這個土地是屬於清朝的領地，於光緒元年（一八七五年）加開中路，此即為「八通關古道」。

我們行走在中路上，看著清兵利用了哪些工法，讓中路開通至璞石閣。清兵遇到稜線地形破碎難行，或可腰繞山頭避開不必要的升降，清兵在此種地形狀況，會開挖土石、邊坡，將古道改修築在稜線旁並以一定高度緩緩上升。經現場調查記錄，平均寬度可達二至三公尺。卓樂的一位老人家，曾經這樣說清朝古道：

Ma-aq a itu-uni Toluu kedaan a hai, mananakis ludun, makuis, mantataluq, ni-i tu maszang daan-Lipuung tu平平 mopa ta.

清理清古道。

清理後的清古道。

測量清古道的階梯。

此為阿波蘭水池西方約五百公尺處的石階群，採用各類大小不一的塊石堆砌而成，有以大塊石層層堆砌而上。張嘉榮拍攝

關於Toluu所開闢的道路，是往山上一直爬坡，很窄，而且是崎嶇不平的，並不像日本人築得路是平平的。

石階修築充分展現「現地取材」的精神。於西段現場發現的石階是採用周遭環境常見的板岩，以水平堆疊的方式砌成石階；而在東段後則發現以整塊大型塊石，或用小型塊石堆砌成的石階。

所以當我們走到東段的阿波蘭水池西方約五百公尺處的石階群，採用各類大小不一的塊石堆砌而成，有以大塊石層層堆砌而上，或是將小塊石以水平堆疊的方式砌成石階，在山徑轉彎處會修砌出優美的轉折，在多處石階群中皆可發現。

這次的清朝八通關古道探訪，所遺留的遺址斷斷續續的呈現在山林裡。主要的原因是當時中路開通一年

石階在山徑轉彎處會修砌出優美的轉折，在多處石階群中皆可發現。張嘉榮拍攝

後，一八七六年（光緒二年）六月九日至十七日間，臺灣中、南部連日豪雨，中路遭到嚴重沖刷而宣告廢絕。隨著駐軍撤除，中路可能因缺乏維護而損毀阻斷。自光緒元年十一月至光緒三年四月，中路暢通無阻的時間可能還不及一年。[3]

幾年後，中路早已不是清兵可以一手掌握。但是，之後清朝製作的地圖中，中路這條路仍然一直出現在清朝所畫地圖中，這是要跟其他國家勢力說，後山這一塊土地，是清朝政權所擁有。領路人有時也不知道，要帶領的團隊他們背後真正想要的是什麼，可能只是簡單的開一條路，將西部的漢人帶到璞石閣開墾，單純想著這條路開通之後，也許與漢人交易會更方便。有時領路人無法想像這一次的帶隊，會讓自己、部落產生出什麼樣的影響，讓族人走向世界的潮流中。道路的開鑿，讓非住在山區的人，開始到高山地區進行探險、調查、旅行、軍事目的等活動。布農族的頭帶不再只是背起石板，而是背起一段沉重的殖民歷史。

有時，布農族的領路人，很單純的目標，只是想要帶領人們走入山林，介紹自己的文化、歷史。但是，他人心中的想法，有時候真的無法預測，我們無法理解探勘之後的結果。

年紀小時，常常被林大哥帶領到山林，種下了我對山林，家園的熱愛。

現在，我用書寫文字，成為一些人、一些團隊的領路人，我是否可以像山林的大哥們，帶領後輩、族人，走出一條路線？

1. 宋秉明、助理張嘉榮二〇一五，《玉山國家公園八通關清古道西段現況堪查》，玉山國家公園管理處。
2. 諸家，《道咸同光四朝奏議選輯》，臺灣文獻叢刊第二八八種，臺北：臺灣銀行經濟研究室，一九七一。
3. 施添福，一九九九，開山與築路：晚清臺灣東西部越嶺道路的歷史地理考察，地理研究報告，三十期，頁六五—一〇〇。

參考書目

- 諸家，一九七一《道咸同光四朝奏議選輯》，臺灣文獻叢刊第二八八種，臺北：臺灣銀行經濟研究室。
- 施添福，一九九九，《開山與築路：晚清臺灣東西部越嶺道路的歷史地理考察》，地理研究報告，三十期，頁六五—一〇〇。
- 楊南郡、王素娥，一九八八，《玉山國家公園八通關古道東段調查研究報告》，玉山國家公園管理處。
- 宋秉明、助理張嘉榮，二〇一五，《玉山國家公園八通關清古道西段現況堪查》，玉山國家公園管理處。

背著網袋的勇士

二〇一三年四月十九日至四月三十日的祖居地馬西桑之行，經過日治八通關越嶺道路，到達祖居地馬西桑，詳細的路程為南安→瓦拉米→抱崖→大分→米亞桑→太魯那斯→馬西桑→太平林道。那時候參與的人，都是玉山國家公園的巡山員，林淵源、高忠義、蘇印惠（太魯閣族人），主要的工作為巡視園區。

來到海拔兩千公尺馬西桑部落的一棟石板屋前，同行巡山員高忠義大哥，他是在一九九一年八月間進入國家公園，他說：「進入國家公園後，常跟老人家在山林中生活，無形中學到很多東西，自己也成長起來。」先跟他閒聊過往後，就問他以前的族人如何從河底搬運這些石板，他是這樣回答的：「subatuan tu batu qai, kunisian sia tinaqismama, mina haul bunul ta, haizamin sia paikadan sia tinaqis sia qais.」（石板屋的石板是

▲高忠義大哥翻起石板，指出祖先刻出的三角形洞口。

▼這裡是我們家族最早東遷的部落，柱子都完整保留，我們一到這裡，都會清理家屋。劉曼儀拍攝

從河底用頭帶背上來的，你可以看到頭帶的線如何從石板的邊穿過。）

高大哥於是走到石板前，指給我看說：「maqa ti un, maqa haiza haqvang tiun.」（就是這個，切出三角形。）以前族人就是把石板的四個角弄一個洞，然後頭帶的繩子穿過去，這樣就可以用額頭頂重物，分擔重物的重量，用頭帶將石板背上山。清朝幫忙築路的東埔布農族族人，應該也是用這樣的方式將石頭搬開及搬運。

同樣都是用頭帶做背負的工作，不同的是以前是為自己的族人、部落工作，建立自己的生存空間，現在則是為外來政權服務，族人們不知道這條道路的完工會帶來什麼樣的改變。我所居住的中平部落的黃泰山，就曾經走過這一條古道，他說：「makusa, muzaikuzaiku sia ta dan a.」（這是一條又窄又彎的路。）我又問為什麼要開這條路，他回答：「aupa maqa ta bunun tudiip amalvasvas a, kadan nekun laqaiban na mudadan kilim bunun.」（當時我們布農族散居在山上，所以他們開路想要找我們。）

之後，清朝政權離開中央山脈布農族的傳統領域，日本還沒有控制整個臺灣時，就先行在臺灣做調查。一八九六年（明治二十九年），日軍便派日本陸軍參謀本部付陸軍步兵中尉長野義虎探察山情，他是九月十七日與通事一人，番人數名，從玉里（璞石閣）卓溪社出發。自璞石閣沿拉庫拉庫溪北岸清代八通關古道，經異祿閣社、蚊仔厝社

（馬嘎次托社）、大崙社（太魯那斯社）、八通關古道[1]，最後出東埔，於十一月二日抵林圮埔，花了十七天走完全程。

這一段行程，從玉里到中央山脈的路段，長野並非完全走清古道，尤其是從卓溪經異祿閣到蚊仔厝的路段，是布農族的部落聯絡道路。西段大致上沿著清代八通關古道，其餘的是布農族的部落聯絡道或是獵徑。從此，布農族人從自己的聯絡道路，帶領更多團體入山。

這次的馬西桑之行，走在古道上想像著，我跟背著網袋的祖先，在某個轉彎處交會。

在山林工作，最開心的莫過於遇到同族的人，兩方人馬必定會從各自的網袋、背包，拿出最得意的物品，作為交換。

以前的族人是如何背負重物，帶領長野義虎進入山林呢？在山下，大哥曾經拿給我看他父親林進元的網袋，而網袋就裝進過他曾打過的獵物。林大哥表示：「網袋是過去布農族裝東西的一種袋子，主要是男性去山上用來裝獵物。材質是以苧麻製作或黃藤為材料，用手編織而成。」

網袋，多為男人上山打獵裝獵物之用，其網袋較粗大，最大者甚至可容納一隻山羊

這裡的獵人們，所持有的網袋都裝有頭帶。 圖片來源：瀨川孝吉，二〇〇九，〈臺灣原住民族影像誌．布農族篇〉，頁一七三。

日治時期採石板的情景。
圖片來源：《臺灣蕃界展望》

獵人與網袋。圖片來源：《臺灣蕃界展望》

或山豬。背負時用頭額頂法，即於網袋兩頭加綁頭額頂帶置於額頭負荷；或雙肩背負及頭額頂法兩者並用。網袋的形式略呈上大下小，上方會延伸出兩片稱vanvan，像翅膀一樣，作為擴充使用，不需要時可收入袋內。網眼甚大，約可通一指，網袋可以承受水鹿的重量，但一定要搭配頭帶，才能省力。其網線粗細、袋子大小與網目負荷量成正比。網袋較粗大，體積容量也較大。

我們可以從鳥居龍藏和森丑之助帶進去山上的工具中，了解日本人進入山林，會帶什麼東西入山，像採集到的石器、植物標本的器具，測定原住民體質的器具，舊式攝影機、玻璃乾板底片、換洗的衣物、口糧和自用的碗筷。[2]這些都是給嚮導背工去背。那時的布農族族人應該是用網袋把這些東西裝起來，帶領鳥居龍藏進入文獻中東北亞最高的部落——太魯那斯，在進入部落前聽到部落婦女的杵音。

幾年後，森丑之助再度來到此部落，並且與太魯那斯的頭目Salizan及大分的阿里曼・西肯在此地發生恩怨情仇的故事，最後部落派七名青年背著食物帶領森丑之助逃離此地。[3]

二〇一三年四月二十四日，我們來到八通關古道現存的駐在所建築，遙想著與我同名的Salizan頭目，如果我是那位領袖，面對這些如雲海般千變萬化的時局，如何解決這些布農族人與日本人所面臨的難題。

從此以後，布農族的網袋，不再只裝獵物，也開始裝下外來者對此地覬覦的山林資源、學術領域的野心。

布農族族人與日本人風雲變色的山林生活，在此展開。

二〇一三年四月十九日祖居地馬西桑之行，從花蓮南安進入，沿著日治開闢的八通關越嶺道路而上。

我們行走的這條路，還沒有開通之前，有的布農族族人會接受日本人對帶領他們入山的族人所給予的「惠予品」，令族人最喜愛的就是獵槍和火藥。

一九一五年的喀西帕南戰役（Qasibanan）、大分戰役（Bungzavan）、拉荷・阿雷（Daha Ali）率領族人退守玉穗、郡大社脫走事件，促使八通關越嶺道路的興建，並於沿線設置駐在所，帶路變成勞役，影響了布農族族人對於帶人領路的意願。之前所接受的獵槍，反而成為攻擊日本軍的武器。

當日本人正式進入拉庫拉庫溪流域，再加上一九一五年的喀西帕南戰役、大分戰役「ターフン事件」，日本為了調查如何在拉庫拉庫溪開劈一條道路，於一九一八年（大正七年），由松尾玉里支廳長作為隊長，外加梅澤柾警部等四十八名原住民一行人，[4]藤崎濟之助著的《臺灣的蕃族》則說原住民人數為三十人。[5]

總之，他們從玉里出發，越卓溪山稜線、經阿桑來戛、阿波蘭、涉馬戛次託溪上游時「或走蕃路、或越過清國時代舊道」，過馬戛次託山西麓，至馬西桑社。

整個行程花了九天，主要的目地為調查新的八通關古道預定路線以及布農族的情勢。書中提到他們得到馬西桑的領袖允諾開鑿越嶺道，回到自己祖居地，有時候會想，他們如何決定日本人可以開鑿這條道路。對一個帶有槍炮的隊伍，進入自己的領域，每個決定都是一個很困難的抉擇。

日本透過其他原住民族的協助，開始開鑿越嶺道，族人為了家園的保衛戰，路開到哪兒，衝突就發生在那裡。於是，現在我們在沿路看到日本人建造的紀念碑，除了日本警察外，還有一些山下的原住民族人，在此罹難。

二〇一三年四月二十日，在綠駐在所西方約十五分鐘的路程，來到「野尻光一、Rusukau、Babai、潘阿生、潘阿武、潘納仔戰死之地」的紀念碑，林大哥停下來為我講解紀念碑的故事。裡頭有布農族隘勇被誤殺，他指著紀念碑說：「當族人們拿起被出草的頭顱時，嚇了一跳，bungu tu mavia nibung misang uka, at bunun, laqtanun bunun ita.」（看到所拿的頭為什麼沒有門牙，發覺出草到布農族自己人，於是他們把頭丟棄在路邊。）因為看到makavas出草的對象有缺齒的特徵，才發現殺到同族人，這是禁忌（samu）。

為什麼會誤殺同族族人，主要原因是他們都穿著日本的制服，林大哥表示：「na maqipainukun hulus na patazun bubukun a, ma kunipa an-nanak hulus mama mudaan a.」（不能穿日本人的衣服，因為會被郡社[6]誤殺。如果去背東西就要穿自己的衣服。）這兩段話說明當時日本人為了要行走在布農族的傳統領域，而請當地布農族族人作為嚮導，但阻礙日本人入山也是布農族族人，形成一個既是抗拒又是協助的角色。

八通關越嶺道路修築於大正八年（一九一九），完工於一九二〇年的開鑿，在這兩年中原住民工作的人數，也是很可觀。在文獻指出一九一九年（大正八年），東段的道路測量從六月開始，是由財津久平技手負責測量，約需要十八天的時間，十日早上八點，在花蓮港廳玉里支廳，編制八通關橫斷道路開鑿作業隊，以梅澤柾警部為隊長，其中除了開鑿隊和測量隊外，也是外加本島人、平地原住民、平埔族群[7]、山地原住民[8]等三百人。[9]八通關西段的開鑿隊從東埔到八通關平原，除了主要作業員外，隘勇二十二名，原住民[10]一百七十名。[11]我們可以看到日本人在開鑿路，動用了很多不同族群的原住民族人，這些都是族人背工的開始。

在山下，為了了解日治嚮導背工的工作情況，林淵源介紹一位Sinkan中正部落[12]的耆老，他的家就位在林淵源大哥的家下方，名字叫林啟南，青少年時為日治末期，原居地為阿布朗（Abulan）[13]，是光復後卓溪村第一位村長，曾經帶領日本人進入八通關古道的耆老，雖然年邁，但說起故事來還是很有精神，除了講述部落的簡史之外，讓我感到有興趣的事，是他去八通關幫忙日本人背東西的故事。

他說他那時候年紀才十五、六歲，一起背東西的族人加上他共三個人，他們與一位日本學者同行，至於那位日本學者的名字，他早已忘記了。我問：「那你們在做什麼？」林啟南[14]回說：「kanmama sia qaimansut.」（負責背東西。）我針對背東西這個問題，接著往下問：「ma-aq ka ama-un?」（背什麼東西？）林啟南說：「tilas, hulus, kaunukaunun.」（米、衣服、食物。）我又接著問：「kamaq a lipun munhan ludun tu.」

（日本人去山上做什麼。）他表示：

Kilimiismutu haiza las a. muhalhal a. sizaun amin.matapal.tadini kaupatainam hai unimitamadal til.tasa lisav amin.puskun ita amin.tasa ismut tulas.un ita kiekiu tu makua ismut.maq tu in-iu sizaun zami.

（找植物上掉下來的果子，收集起來。我們也找植物的葉子，把它做成壓花，他們會帶去日本，要做研究，看它是什麼植物或是可製什麼藥。）

布農族族人拿著獵槍保護日治時期的日本學者，讓他們去做一些研究調查，釐清高山的地理環境、生態知識。當越來越多的族人帶領日本人入山，族人們的傳統山林知識，也將被日本人所用，削弱了布農族族人對山岳的掌握，逐步喪失

走完八通關清朝古道東段的探訪路線後，進行pisvandu的儀式，希望自己的靈不要留在山上。

八通關越嶺道路原有區域的主導權，最後只能拿起獵槍反抗。

我站在紀念碑前遙想著，自己在山下常用筆寫出一些文章，這枝筆就如族人們手中的獵槍，到底是用來對抗主流社會的利器，還是一種快速融入主流社會的工具。

1. 長野義虎，〈生蕃地探險談〉，收入楊南郡譯註，二〇〇二，《臺灣百年花火》，臺北：玉山社，頁八一、九一。
2. 鳥居龍藏著、楊南郡譯註，一九九六，《探險臺灣：鳥居龍藏的臺灣人類學之旅》，臺北：遠流，頁一一—一二。
3. 森丑之助著、楊南郡譯註，二〇〇〇，《生蕃行腳：森丑之助的臺灣探險》，臺北：遠流，頁三八一。
4. 臺灣日日新報社，一九一八年八月十二日五版，〈中央山脈横段隊未歸順蕃の境を突破し九日間千辛萬苦を盡す〉，收錄於《臺灣日日新報》。
5. 原文為藤崎濟之助著，昭和五年《臺灣的蕃族》。收錄楊南郡，一九八七，《玉山國家公園八通關越嶺古道西段調查研究報告》，玉山國家公園管理處。
6. 布農族分為郡社、巒社、卡社、卓社、丹社及蘭社。
7. 原文為平地蕃。
8. 原文為高山蕃。
9. 臺灣日日新報社，一九一九年七月八日七版，〈八通關道路工事花蓮港方面の狀況〉收錄於《臺灣日日新報》。
10. 原文為蕃人。
11. 臺灣日日新報社，一九一九年九月二十七日七版〈南投橫斷道路〉收錄於《臺灣日日新報》。
12. 位在花蓮縣卓溪鄉卓溪村。
13. 在玉山國家公園內。
14. 祖父輩尊稱，名字前面加qudas。

背著鋁架的高山背工

背工從清朝一直到現在，有多種的稱呼，有人稱「挑夫」，也有人稱「高山協作員」、「高山嚮導」。一位學者蔡文科則稱這項職業為「嚮導挑夫」，他認為嚮導跟背工（挑夫）本來是看似不同的兩個工作，前者是對於行動、路途的導引者和登山安全的保障者；後者是純粹的體力搬運勞動者。他覺得布農族的背工，有時還兼具「嚮導」職能，為了符合其真實狀態，以「嚮導挑夫」的複合名詞稱之。不管如何稱呼，背工負責背登山隊公家糧食及帳篷，連烹飪、找水源，甚至找路的工作都一肩扛起。[1]

日治時代，日本為了建造八通關越嶺道路，就讓璞石閣[2]附近的平埔族群（馬卡道族和西拉雅族）及阿美族人徵召義務勞役。《臺灣蕃族研究》[3]此書述及八通關道路之開路經費支出較少，是因為動用了原住民[4]義務勞役、平地保甲之義務勞役及軍警人力之

高塋山的老婆胡雅玲，女性高山協作。

支援。這種勞役的工作，阿美族俗稱為mitaruh。[5]這群平埔族群、阿美族工人，跟著日本道路開鑿隊伍一同工作，工法隨著地形變動而有各種型態，砌石的護坡、跨過低窪地的浮築路、連接深溝兩岸的吊橋、切穿岩稜的凹槽路，或者是在將幾近垂直的岩面上硬生生鑿出一條通道。走在古道上，可以看到岩壁鑿痕累累，每一個鑿痕都充滿著蒼勁深沉，被日本警察拉來工作的平埔族群、阿美族的工人們，用刀鑿壁的灰塵，穿越八十年落在我的臉龐。

當時八通關越嶺道路正在開路時，為了巡視開路的情況，會派人查看開路狀況。理蕃誌稿[6]這一本是提到花蓮港廳廳長松尾溫爾率警官五名，原住民五十一名[7]，於一九一九年（大正八年）八月巡視八通關越嶺道開路情形，由喀西帕南→伊霍霍爾→大分（拉庫拉庫溪南岸）→塔爾那斯→馬西桑→伊博克→阿桑來戛（拉庫拉庫溪北岸）。這五十一名原住民大部分都是花東縱谷的阿美族人，翻山越嶺進入布農族的領域。

一九三〇年（昭和五年）三月，吉井奉命進行秀姑巒溪支流的拉庫拉庫（ラクラク）溪上游及清水流域的森林調查。另外在行李搬運方面，選拔平地蕃（阿美族）的壯丁，由下嘮灣、觀音山、織羅的三個原住民部落各出十名合計三十名[8]，這三個部落，都是阿美族的部落。阿美族人從開路，到日本人平穩這個區域，還是一直被日本警察拉來拉庫拉庫溪流域，進行山林調查。

當日本人控制住拉庫拉庫溪流域的布農族人後，勞役的工作轉變成居住在山上的布農族族人。有一回到馬西桑部落的一棟石板屋前，林淵源跟我說：

qabasan dau isan tupa iskalunan sipun, musan masisan tu haia dau 三十多個族人 dau muniti ansaqan banhil, paqpun laupaku isan 卓溪鄉公所宿舍 a, isa qabasan misan masisan tun banhil ansaqan.

以前的族人被日本人叫去馬西桑，當時約有三十多個背馬西桑駐在所的檜木，搬到現在的卓溪鄉公所宿舍。那裡的檜本就是從馬西桑搬來的。

這些高山協作走進日本人開鑿的八通關越嶺道路，經過瓦拉米、抱崖、多美麗，大分、意西拉、托馬斯、邁阿桑、那那托克、太魯那斯、回到馬西桑，他們要回到馬西桑進行搬運的工作。

maqa naika qabasan muniti qai minisan taqluk ta painasan walavi ta 抱崖、多美麗，

panhan davun ta, mainisan isila mainisan tupaun tu tutumaz ta mainisan maiasangtun tupaun mainisan tupaun talunas tun nanatuq haul tun mainisan masisan tun muniti.

他們經過瓦拉米、抱崖、多美麗，大分、意西拉、托馬斯、邁阿桑、那那托克、太魯那斯、馬西桑。

這些地名，都是部落的名字，經過自己的部落時，應該都會分享在這裡生活的記憶，但這群背工們，卻不能多作停留，要一路走到馬西桑進行日本人交代的工作。其中一個高山協作，回到自己出生的地方——馬西桑，想起自己的父母親就葬在家屋的底下，想到這樣背柱子下去，可能再也回不到出生的地方馬西桑，於是，就在石板屋裡自我結束自己的生命。

Aupa haiza qabasan tupaun tu a bubukun dau tupaun tu vilan muniti dau ansaqan banhil a inaita madadaingaz qai iiti, simul busul dau namatqazam dau, ni maqansiap sadu madadaingaz nailumaq tu iti qana madadaingaz mailumaq, kauupa iti tupaun tu tisqashat.

> 這群搬運工中，其中有一個郡社的叫Vilan也來搬檜木，他的父母也是居住馬西桑。他跟日本人借槍要去打獵，他來到自己的家屋前自殺，他要跟父母死在自己的家屋。

這段口述歷史雖然在講述一段悲情的故事，卻可以從故事了解到，日本政權把布農族遷移到山下後，完成控制布農族，就開始叫布農族做背工的工作，並且把山上的資源放在山下。也造成布農族人與祖居地的分離。

我想像著，日本人命令族人把駐在所的樑柱拆下來，每個人負責幾根柱子，一根一根的背在肩上，從二千多公尺的馬西桑，背到山下重新用這些樑柱，蓋出新的日本建築物。

目前卓溪鄉內，可以訪問到曾經在日本時代參與背工的工作，他是出生在民國十四年（大正十四年），年紀九十歲的林啟南，他還有一個日本的名字，叫增田光男。他在年輕的時候，曾經替日本人背過東西。那時，還是用木背架（Batakan）的年代。

> Nitu madia, maqa matamasaz minduduaz 二斗米. qabas sia tuluntulun, maqa (nitu) va-az qai 丨斗米ka丨半, sanasia tingting a

林啟南耆老。

沒有背很多，如果是年輕人的話背二斗米，如果是小孩子的話，就是一斗米的一半（半斗米）。就是稱斤量的。

林啟南阿公主要述說，他們那個時候，也是跟現在的高山協作一樣，要稱斤稱量。林啟南阿公就像傳統的長輩，不能自己誇說自己是一個很強的背工，但是從小孩所背的重量，來對比那個時候年輕人背負的能力。也從林啟南阿公的口述中了解到，布農族的小孩，從小就跟著長輩一同上山背負重物。

maisnaiti sauita, 回來, mainaiti sausan malabi, walabi kala hongai,

林啟南阿公國小的畢業照，那時阿公生病已經無法為我們指認他是照片的哪一位。他就是這個年紀開始帶日本人進入山林，擔任背工的工作。林啟南家族提供

ita masabaq, manaiti kantinmut sau san tahun, 半天, mainaita musuqis, isan hongai masabaq. Pansan I tupaun hongai ta tashanian tunlumaq. mainaiti tan-a-nak.

從這裡到目的地，再折返回來，大概的路程是這樣。第一天從這裡（玉里）到瓦拉米（第一晚），再到抱崖，再住宿一晚。隔天，趁早半天的時間到大分，再趕回抱崖睡覺，最後從抱崖回到玉里。

這是林啟南阿公當時為日本警察背東西的路程，這個路線其實就跟我們卓溪鄉內的高山協作最常走的路線，像是高瑩山（Qaisul Tanapima）把幫大分黑熊調查時走的路線差不多。有的協作可以從玉里直接到抱崖，瓦拉米這一站不休息，像是林錫輝就曾經走過這樣的行程，也是協作常講的英勇故事。

本次的清古道的行程調查中，有一個協作林秀山（Laung），他就是林啟南阿公的孫子。另一個協作叫林孝德（Aniv），加上在山下要載我們回部落的高瑩山，他們都跟林大哥一樣，住在卓溪中正部落，這裡部落的年輕人都曾跟著林大哥一起上山過，只有高瑩山將背工做為一份職業，其他則是當成兼職。林孝德這次剛好結束外面的工作，聽到這次行程可以走到他阿公的獵寮，因而參與這次的活動。

林孝德所用的背袋是利用田裡裝填作物或肥料的麻布袋縫製而成，來充作搬運時的填裝工具。林秀山則利用登山用品社買來的大鋁架，把帆布背袋拆除只剩下骨架做成登山包。

十一月五日，我們從馬戛次托溪之後，從營地陡上約兩百公尺後開始密集的石階群，石階沿稜線修砌而上，雖偶有毀損或中斷但整體而言仍十分可觀，石階群長度近一百五十公尺。中午為取得水源，轉沿昔日獵路前往Sipsip用餐、取水。

走完一整天的路，林孝德跟高山協作一樣，仍要用簡單的鍋子，負責煮出豐盛的一道餐。方翔拍攝

在山上，大部分都用身上現有的東西，來處理一些事情。高山協作林孝德用自己墊背部的墊子當成切肉板。方翔拍攝

林孝德拿著阿公用過的鍋子。

林孝德拿著阿公喝過的酒瓶。

Sipsip指的是一種底下白白的蕨類，此處有很多。完畢後再沿獵路回到稜線，但未發現明顯的古道遺跡。續沿稜上行，至二二八〇處發現明顯的坡道，方向先往南再往東延伸，但不久後路基也因植被、倒木遮掩而消失。

林淵源說此後古道會沿著東側的崩塌地下降，但因天候不佳且久未有人走過，所以決定改走獵路。我們沿獵路朝南而行，經過Lambas、三等三角點，最後來到林孝德阿公的石洞寮。

林孝德靠著改良的登山裝備，再加上頭帶，來到他阿公生長的地方。二〇一二年十一月七日，我們來到阿德的阿公所居住過的石洞寮，一個叫Batu daing[9]的地方。阿德的阿公叫林春木，族名為Qaisul，這個石壁留有棉被、酒瓶、鍋子等，這些都是阿德的阿公曾經使用過的物品。阿德感動的一直撫摸著地上的棉被，撫摸著去世的親人曾經使用過的東西。

Qaisul獵寮後，在一個乾泥池轉東向的小稜線下切。下切途中會經過三處保存良好的布農家屋，以及多處的耕地遺址，其中一處家屋

到達營地的第一件事就是把火升起來。卓溪中正部落的高山協作阿邦（林克邦，Qaivan）。

為Qaisul的家屋。在陡下約一千公尺後便來到塔洛木溪。

這次對林孝德來說，是一件很豐富的行程，可以看到阿公曾經居住過的石洞寮，也看到自己家族的家屋。對協作來說，上山除了賺錢，還有一股強大誘惑與情感連結吸引，就像阿德所說的：「每次回到山上舊部落，我都會想掉眼淚。」在山林行走，最快樂的一件事，應該是回到自己的祖居地。

背工的工作，快樂之餘，背後也是有心酸的一面。那天在東埔林大哥的師父家中，林大哥的師父這樣說：「那個年代，登山客或學者，都要僱用我們東埔的族人，有些團隊太過仰賴我們的負重能力，可能為了省錢而讓我們背很重的重量，我們那時候都不好意思事前談錢的事，也覺得自己身強力壯，能背多少就背多少。」他指著他的膝蓋說：「就是因為背負太重，造成退化性關節炎等疾病。」但他仍樂觀的說：「我還算幸運的，還可以做到老，有的人因為背太重而在山區產生意外受傷。」

林大哥問：「當時薪水多少？」他的師父說：「一天一百二十元，民國六十幾年就增加為三百元。」相較務農是不錯的，所以當時許多東埔地區的布農族族人，經濟以擔任背工為主，務農為輔。

《背走百岳》這部影片，以行政院主計處一九七八年度比較當時的薪資，每人月薪四千四百七十五元，平均日薪一百四十九元來比較，背工一日所得是平均國民所得的兩倍。

那目前的狀況如何呢？

二○一二年十一月八日，抵達位在中正部落產業道路上的登山口，接待我們下山的族人，已經開多部車在等我們，飲料與米酒也已備齊。會合後，我們拿出米酒、肉，滿臉虔誠地朝著山區方向祭拜，進行感謝祖靈及回魂的儀式。之後大家圍坐在一起，輪杯喝酒。

高瑩山也在其中，我們從二○○五年南二段之行就開始認識，二○○四年阿布郎尋根之行、二○○五年北岸祖居地之行，他都一直擔任背工的角色。我問高瑩山目前背工工作薪水如何，他表示：「約一天四千元，要事前講好，如果不滿意就不背，有的團隊會加一天兩百元伙食補貼，若隊員另要求背私人物品，以公斤來談，每天每公斤約一百五十元，不過，如果有隊員走不動，我們會主動幫忙背。」《背走百岳》將背工和一般人民的日薪做比較，影片從行政院主計處一○一年度每人月薪四萬三七七百五十四元平均日薪一千四百五十八元計算，背工一日所得是平均的二．七倍。

雖然說背工的單日工資高達四千元是相當驚人的，但高瑩山無奈的說：「這並不是經常性的，『sana sia Diqani』（看天吃飯），天氣不好、道路崩壞，就沒有收入了。」再

回到林孝德（Aniv）的石板屋 。由左起為林淵源、林孝德、林秀山（林啟南的孫子）、林志忠（林淵源的兒子）。

林淵源在教後輩高塋山山林知識。

看他們所背的公斤數來看，「有時候都會超過三十公斤，背超過四十公斤是家常便飯」，翻閱其他國家的背工所背的公斤數：

攀登非洲第一高峰的吉力馬札羅山為例，背工最多背二十公斤，在祕魯及巴基斯坦是二十五公斤，尼泊爾則為三十公斤。（自由時報二〇一三年四月二十三日記者林俊宏）

從高塋山對話中做比較，他所背的公斤數其實是很重的。再來是遇難時，現在對背工職災狀況是這樣處理的：

背工遇難死亡，仍屬職災，依法雇主應支付死亡及喪葬補助費。

（自由時報二〇一三年四月二日記者林俊宏）

依法是如此，但是雇主不會主動為你爭取。「而且，這份工作，也不是能夠長久一直下去的，因為這份工作是很累人，隨著年紀增長，很快的就不能勝任，而且也沒有退休金，不趁年輕賺起來存，老了怎麼辦？」

聽到此，在場的族人，心有戚戚焉的點了點頭。對於立法規定、成立工會之類的，現場背工其實沒有很在意，尤其是扣勞保費、保險費，又是一個負擔。他們認為立出一堆制度，搞不好以後連想當個背工都要先考證照才能上山啊。

我自以為是的說：「透過立法，你覺得會不會有多一點保障？」林孝德則說：「至於什麼立法規定、成立工會之類的，要多扣勞保費、保險費，立法一定會立出一堆制度，搞不好以後連想當個背工都要先考證照才能上山啊！考試遊戲規則又不是按照我們的方法走，我們也考不贏人家。」

高瑩山喝下手中的酒後說：「對啊！一定又是考一些高山相關的文字知識！」酒杯一圈又一圈地輪流在我們手上轉，喝下一杯又一杯的酒，也喝進一杯又一杯的辛酸。

述說著背工的工作，其實就是負責將食物或登山用品等物資背到山上的指定地點，並且兼做廚師，有時候還得兼作嚮導、急救員、搜救員、找水、取水等絕大部分的營務工作幾乎全包了，但這些工作，如果跟著熟悉山林的長輩、熟悉的山林工作，其實是一份很多樂趣的工作，可以從長輩身上學習到很多知識。

但高山協作變成一份專職的工作時，有時候跟祖先的生活有了距離。現在的高山協作和之前的前輩，在時代的變遷下，工作環境已經產生不一樣的狀態。為了因應現在山友的大眾路線，高山協作就必須走相同的路線，產生與大自然異化的現象。

最近這幾年，產生了很多經營登山協作等相關的服務，不再只是呈現山林祖先的知識，著重的則是菜色、分量、料理、衛生的服務。

第一線的協作變成一個服務業的工作，而慢慢不具有分享在地知識的工作，以前登山技術沒有現在那麼先進，山友要進入山林，都需要熟悉當地地形的原住民族人來帶領。現在入山的山友以大眾路線為主，一般人只要學習走過這一條路線，並且應用先進的數位地圖標示，充實自己的登山知識，每個人都可以成為高山協作、嚮導。

當代的高山協作，不像前輩一樣，以探路線為主，雇用協作工作的人，會較尊重高山協作這一份職業。現在變成以大眾路線為主，面對各式各樣的山友，尤其是顧客至上的理念，造成很多衝突。尤其山友一多，熱門的登山路線，就會面臨到床位有限的問

林淵源大哥為了讓後輩們都能學習帶路，輪流讓我們帶路。方翔拍攝

題。一般登山隊伍不可能在申請、抽籤時，就預留背工的床位，致使背工上山後，因為沒有床位，必須打地鋪，還要遭受質疑的眼光。原住民高山協作最引以為傲的背負能力和認路的技能，變成每個入山的山友具備的基本知識。如何找出自己的個人特色，吸引山友的方法，是協作要作的功課。

為了要提高自己的工作技能，原住民高山協作除了認路之外，現在也開始學習帶隊時必須具備領隊應有的能力，如人際溝通、領隊風格、危險管理能力等。但高山協作還要忙於部落的農事，參與眾多的高山證照課程，每個課程的學費都是高於一般的課程，使得高山協作學習的意願降低。當代的登山知識如何與祖先留下的傳統知識，產生出一個新的火花，是當代族人要走出的一條路。

我走在八通關越嶺道路，站在三千多公尺的大水窟，看著祖先走過的路，他們用背簍、背架，在這個空間活出自己的生活。現在的族人，要在自己的土地上工作，因難重重。如何讓族人在自己的傳統領域生活，又能在經濟上有所提升，是族人應該要共同思考的。

1. 蔡文科，二〇〇八，《臺灣高山地區原住民挑夫工作經驗傳承之研究》。高雄師範大學成人教育研究所。
2. 玉里舊稱。
3. 鈴木作太郎著，昭和七年《臺灣的蕃族》。引自楊南郡，一九八七，《玉山國家公園八通關越嶺古道西段調查研究報告，》玉山國家公園管理處。
4. 原文寫蕃人。
5. http://www.hualien.gov.tw/circulatedview.php?menu=2924&typeid=2924&circulated_id=6051
6. 臺灣總督府警務本署編《理蕃誌稿》。引自於楊南郡，一九八七，《玉山國家公園八通關越嶺古道西段調查研究報告，》玉山國家公園管理處。
7. 原文寫蕃人。
8. 原文為《臺灣山岳第八號》〈雲峰附近群山的探險〉，一九三六年六月，檢自網頁https://blog.xuite.net/ayensanshiro/twblog/587281516-%E9%9B%B2%E5%B3%B0%E9%99%84%E8%BF%91%E7%BE%A4%E5%B1%B1%E7%9A%84%E6%8E%A2%E9%9A%AA(2018/08/02)。
9. 「石頭很大的地方」之意。

參考書目

- 鈴木作太郎著，昭和七年《臺灣的蕃族》。引自楊南郡，一九八七，《玉山國家公園八通關越嶺古道西段調查研究報告，》玉山國家公園管理處。
- 臺灣總督府警務本署編《理蕃誌稿》。引自於楊南郡，一九八七，《玉山國家公園八通關越嶺古道西段調查研究報告，》玉山國家公園管理處。
- 自由時報二〇一三年四月二十三日記者林俊宏。
- 自由時報二〇一三年四月二日記者林俊宏。

穿著制服的原住民巡山員

二〇一三年四月，馬西桑祖居地的行程中，參與的有高忠義、林淵源、蘇印惠，他們三位都是巡山員，而我則是跟隨著林大哥上山。雖然常有人送林大哥最新的登山裝備，他仍然喜歡用改良的鋁架背包，他特別用組合式泡棉地板當作背部的襯墊，減輕堅硬鋁架直接壓迫背部，來增加接觸面的舒適性。

這些巡山員，延續著前輩的腳步，將布農族人在深山中行動、穿梭的特殊技能，傳承下來，持續地在山林活動。從日本時代一直到戰後，布農族人就像是玉山的守護者，不透過布農族人的嚮導，外來世界的人難以親近玉山。而近幾十年來，全臺灣的高山幾乎都可以看到布農族擔任背工、嚮導的蹤跡。國家公園成立後，巡山員的工作就從原住民尋找。

行走在祖居地，還是會找個時間休息，但是林淵源大哥似乎有拍不完的感覺。林祐竹拍攝

大哥說故事的神情。

泰雅族青年高旻陽曾經在玉山國家公園管理處任職，他整理玉山國家公園巡山員的演變。他說：「玉山國家公園其前身必須溯及日治時期規畫的新高山國家公園」。國民政府遷臺後，設立了第一座高山型的玉山國家公園。成立時，國家公園看到東埔部落的布農族人，早在日本時代就從事背工與嚮導的工作，很多山友，也都是請布農族來當「波達」（porter）[1]，這個詞就是從日語轉音而來，可以知道族人做這個工作，從日本時代就開始。所以國家公園想要借重族人的經驗，在自己熟悉的地方工作。

在招募第一批巡山員時，玉山國家公園管理處與部落的窗口是一位東埔部落的年輕人伍榮富，他的父親伍勝美，就是將于右任銅像背至玉山主峰的其中一人。伍盛美因為參與背負于右任的銅像，有了一些名氣。[2]

二〇〇〇年，我第一次跟隨林淵源大哥做玉山國家公園園區巡視，從東埔到玉里，第一次進入布農族的傳統領域，途中順道爬上玉山，想著布農族人參與于右任銅像的建造過程這一段歷史。族人只是做著自己本分的工作，族人不會想要了解銅像背後的意涵，于右任日記所寫的意思，日記本中《思鄉歌》：「葬我於高山之上兮，望我大陸……葬我於高山之上兮，望我故鄉。」[3]

玉山國家公園成立之後，在卓溪鄉的南安部落，成立了玉山國家公園南安管理站。第一梯的巡山員，先找卓溪鄉當地的布農族人。高忠義在還沒有進入國家公園，做過遠洋，去臺中梨山採過水果。林淵源先接到家裡的消息，於是就跟高忠義說：「他要回卓溪，有一份工作可以在自己的山上工作。」林淵源大哥比高忠義大哥提早加入國家公園巡山員的行列。所以八十一年玉山東部園區設南安管理站，林淵源是第一批進去的巡山員，並且持續擔任國家公園巡山員長達二十五年。

國家公園巡山的路徑，大部分都是查看古道或是一般的登山路線有無崩壞。部落的傳統聯絡道路，對國家公園來說沒有觀光和歷史價值，因而被忽視。林淵源一直想要回到他爸爸的獵場，開會時一直建議走祖居地的部落聯絡道路，尤其是馬西桑，因為這個地方，是他跟他爸爸曾經的獵場。

我們的祖居地在apulan狩獵的地方在馬西桑那邊，小時候不喜歡念書，跟著爸爸去山上，有時候在山上一待就三個月，我就來來回回，那時候還沒有結婚，有時候一個月一直待在馬西桑。（林淵源口述）

他想帶著他的大兒子一同前往，讓他以後能認路。雖然清古道行程他的兒子走完了，但林大哥最想要他的兒子，走回馬西桑獵場。他的兒子在出發前卻因身體不適，不能同行。前幾天的路程都可以感受到他失落的心情。林大哥本來也要帶高瑩山來，希望他能一同上山，跟著他學習山林的知識。但是這一趟是國家公園例行性工作，沒有多餘的錢請背工，而高瑩山有另外一份有薪水的背工任務，他需要這份薪水養活一家人。不可能像我一樣，只為了再次踏上祖居地，什麼後顧之憂都沒有。

二〇一三年四月二十三日，在大分與林大哥做祖靈祭拜的儀式，我跟林大哥吃著供品邊聊天。林大哥對於自己的兒子和想要培養的背工都不能前來，感到無奈。他說他是玉山國家公園第一代的巡山員，工作到現在也有一段時間了，也開始肩負起傳承的重任。五十三歲的他，除了擔心體力日衰，也擔心自己如何將山林的知識傳承下去。

他接著開始述說他如何進入國家公園，二十多年前他還在擔任嚮導背工，當時玉山國

目前山中唯二還沒有倒塌的日治時代建築物。三位玉山國家公園的巡山員，於日治時期東北亞最高的部落，太魯那斯駐在所。這是一條路程較遠，較危險的路線，少有巡山員巡視的地方。

家公園成立不久，極需熟悉山區的原住民協助研究及保育工作，邀他加入保育行列，「你要不要來玉管處擔任巡山員，但是以後不能再打獵！」從此當代的保育概念一直強壓在他身上，尤其在國家公園的工作環境裡。

剛開始工作時，內心有所掙扎，既是國家公園的基層人員，又是布農族人，曾經是厲害的獵人，現在必須扮演公園環境的護衛工作。國家公園與原住民傳統領域重疊及文化間的衝突，一直在巡山員的身上發生。

林淵源，布農族最後獵熊人，他的刀殺過數不清的動物，對於不小心殺過黑熊，他一直感到不好意思。後來他成了玉山巡員，涉過山澗，翻越一條條稜線，尋著無數獸徑，用他的刀，看守黑熊棲地對山呼喊，山就回答他；向山招手，山便攬抱他。（影像藝術創作者

由左至右為高忠義、林淵源、作者、蘇印惠，於大分駐在所。跟著三位巡山員回到祖居地。

imageartcreator[4]）

獵人和巡山員本來就是一個絕對的位置，為了利用獵人對山林的知識，主流社會塑造這種保育形象，希望族人放下獵槍進行保育工作，這不就是一種國家對族人的納編行為。

在玉山國家中的〈玉山國家公園巡查員口訪計畫〉[5]報告中，寫到前玉山國家公園管理處保育研究課的李百基課員，就很明白的說巡山員設制的兩大原因，把垃圾帶下山，拆除獵具。他把一些在部落的獵人找來，透過國家公園法禁止狩獵，利用獵人專長、給予這些獵人一些類似公務員的權利，影響其他人。布農族人原本以大自然的材料做陷阱，但山下有太多鐵製的陷阱，進而使用它。國家公園的進入，警察隊的協助，讓族人懼怕，那就轉換身分，成為拆除獵具的族人。

林大哥有點不想講他內心衝突的事，接著轉移話題說：「剛進來國家公園時，先在水里工作，剛開始清一些垃圾，整個山全部都把它清一清。比方說，這個月在玉山，下個月就在馬博橫斷，然後大水窟、八通關。」這是早期的工作情況，當時巡山員皆屬臨時人員，工作待遇、福利方面欠缺實質保障。

另一位前玉山國家公園管理處人事管理員劉昌信，就這樣說：「國家公園剛開始成立時，成立一支巡山隊，但因為是初創，初創找不到法令依據。剛開始很辛苦，以臨時人員進用，可是臨時人員沒有保障，萬一出了事情對這些巡山員沒法交代。雖然陸陸續續用補技工、工友方式去做，但是上級人事單位在不了解全盤狀況下，也不會讓我們統統以技工、工友進用。」早期的巡山員在管理站成立後，逐步轉任技工、工友以期納入正式編制。一九九九年初，巡山員改制為「約僱巡查員」，林淵源大哥就說高忠義就是這個時期進入玉山國家公園。

雖然國家公園提供就業機會給園區內的布農族族人，多少對族人有些幫助。不過從表一來看，布農族族人在國家公園中工作，多屬於臨時性質或是低薪的工作，例如約僱的巡山員，一旦國家公園的預算緊縮，族人馬上就面臨失業的窘境。

姓名	性別	年齡	服務單位	任職日期	備考
方有水	男	49	排雲管理站	七十四年十二月十日	技工 信義鄉東埔村
伍榮富	男	53	塔塔加管理站	七十四年十二月十日	技工 信義鄉東埔村
方良	男	54	塔塔加管理站	七十四年十二月六日	工友 信義鄉東埔村
伍金山	男	59	塔塔加管理站	七十四年十二月十日	工友 信義鄉東埔村
江心華	男	56	梅山管理站	七十四年十一月十二日	技工 桃源鄉梅山村
柯民安	男	49	梅山管理站	七十四年六月十日	工友 桃源鄉梅山村
林淵源	男	53	南安管理站	七十六年一月一日	工友 卓溪鄉卓溪村
吳永生	男	51	塔塔加小隊	七十七年六月至八五年九月	工友 桃源鄉梅山村

表引用至玉山國家公園巡查員口訪計畫[6]

林淵源大哥也因為在國家公園的關係，可以讓族人隨著他進入山林，走到自己家族的石板屋。就像二〇一二年十月二十九日至十一月九日，清代八通關古道行程中，他帶著玉山國家公園的新進巡山員，熟悉了解玉山國家公園的範圍。並且帶領高山協作進入祖居地，來到家屋。

布農族族人何時可以在國家公園內，輕鬆自在地戴著頭帶，行走在祖居地？最理想的是族人與國家公園進行共管或自己管理，但這個國家就是不信任族人能自己管理自己

林淵源大哥帶著還是學生的海樹兒．犮剌拉菲來到賽珂駐在所，現在已經是布農族學者，並研究大分事件的源由。

的土地，他們只信任族人們的背負與認路能力。

林淵源生命經驗的描述，已清楚呈現出其進入國家公園擔任巡山員的能力，大哥從巡山、協助科學調查到救難，乃是源自於布農族人世代傳承的山林教育，尤其是透過狩獵所獲得的銘刻在身體裡的知識。在玉山國家公園中具雙重身分的布農族傳統獵人／國家公園保育者，他們與玉山連結在一起的深厚生命經歷與原住民族知識，應是亟待挖掘的豐富寶藏。

但我們也可以從林淵源的孩子，要進入這個行業，必須考慮到薪資、福利越來越沒有保障之外，更難以解決的

多年後，我也跟著前輩的腳步走進賽珂駐在所。

來到賽珂，可以看到族人以前用的器具，用鐵絲做成網狀的燈架，中間放削好的木柴片（sang），就可以照亮整個家屋。 張嘉榮拍攝

林淵源的裝備，裝有肩背帶的木背架。

是巡山員老化和傳承的問題。第一代的玉山國家公園巡山員都是從小跟著父親長輩上山的布農族人，接受獵人教育與維持生計的背工工作，因此積累了豐富的山林知識。如今，除了承受狩獵污名化的壓力，巡山的路線，也不能再像上一代一樣，有很多的學術、探勘隊，想要走進祖居地做一些記錄，族人們也就很少理由回到祖居地。

而國家公園主要的巡視路線，現在則以登山路線為主。這些都讓族人少走進部落的路，路就是要常常在走，如果行走在祖先的路上，與祖先沒有情感的聯繫，走在國家公園的巡山員還是布農族人嗎？如果只是巡視大眾路線，為山友服務，那「布農族的山林知識」又要從何處滋長？這些新世代巡山員如何累積和傳承上一代有關山林的種種經驗與理解？

為了解決巡山員的斷層，也為配合政府政策，用保育志工以彌補巡山員之不足。國家公園進而推動志工制度，進而有解說志工、高山保育志工。這些制度，都是推廣環境教育，具有他的功能存在。但這樣也讓巡山員的重要性，越來越淡薄。如何在推動志工制度，也可以讓部落的族人，能夠在國家公園的祖居地內，有一份產生出具有自信心的工作。尤其是目前國家公園與原住民族一直在談的共管機制，我們看到的其實只停留在公部分與地方社區居民開會方式，討論的內容，多半是園區內的小型工程建設。我們祖先留下的傳統知識，卻一直沒有拿來討論並應用，而巡山員則是留下山林知識的一群人。共管應該要加入這一方面的原住民知識。

二〇一三年四月二十三日的這一天，我在瓦拉米駐在所旁與林淵源大哥靜靜地坐在供品旁，陪著祖靈看著山林的一切。我從大哥的身上，看見巡山員這個行業的故事。

---

1. 高旻陽二〇一五，《原教界》〈從獵人、背工到高山嚮導員〉，頁四二。
2. 高旻陽二〇一三，〈從獵人、波達（porter）到巡山員：論玉山國家公園的原住民知識應用、限制與傳承〉收錄，頁二〇六。
3. 古遠清二〇一三，《臺灣文壇的「實況轉播」：一位大陸學者眼中的臺灣文壇》，臺北：秀威出版07-01: 101。
4. imageartcreator。祝福臺灣，守護山林，二〇一五年八月。取自http://imageartcreator.blogspot.com/2009/06/blog-post_2281.html。
5. 鐘丁茂，二〇一〇年，〈玉山國家公園巡查員口訪計畫〉，玉山國家公園管理處。
6. 鐘丁茂，二〇一〇年，〈玉山國家公園巡查員口訪計畫〉，玉山國家公園管理處。

用頭帶背負夢想

每個人來到山林，都有自己的期望、自己的夢，想著自己為什麼要來到山中。我們布農族人是臺灣原住民族中最典型的高山族群，從清朝（一八六五年）時期西方人必麒麟（W.A. Pickering）記錄玉山的文獻中，已看出布農族與玉山的關係[1]。我們用頭帶建立了以玉山為中心的家園。

至於日本時代的首登玉山之爭、學術與登山探險調查，日本戰敗後，國民政府來臺，承接日本時代的登山活動與國立公園的環境主義思潮，布農族人用頭帶應用在不同的工具，成為不同的身分，如背工、高山嚮導服務、巡山員、保育研究與救難人員等，族人用不同的方式，幫忙爬夢。迄今，布農族人仍不斷地因應外來的「需求」，將其山林知識進行調節、適應，甚至轉化。我們努力地用山林知識，協助進來山林的人們。然

高山協作走在日本時代蓋的浮築橋，背上背著山上所需的物品。筆者拍攝

李志宏。筆者拍攝

而，布農族族人或原住民族人在山林工作的辛勞，常常被人遺忘。

以玉山（新高山）首登為例，一八九六年（明治二十九年）長野義虎在族人的協助下，成為第一位「可能」的首登者。〈生蕃地探險談〉一文中提到，有兩位原住民一同跟長野攀登臺灣最高峰的玉山，然而，往後的文獻記載的內容僅存長野義虎的登頂事蹟。

人類學家鳥居龍藏曾於一九〇〇年（明治三十三年）四月五日登新高山時，寫上留言，並列出登頂者的姓名，為三名日人、一名漢人、七名原住民，其中有兩名是布農族人，分別是：

Ibe濁水溪畔東埔社

Paake濁水溪畔東埔社

（引自森丑之助[2]、鳥居龍藏[3]）

但事後文獻的呈現，卻仍是日人（大多載明為鳥居龍藏、森丑之助）[4]。額頭上戴著頭帶，手拿著獵槍（busul），背上背著網袋或背架的布農族族人，去哪裡了呢？不得而知。族人在登山活動中處於邊緣的位置，類似這樣的現象在往後文獻、政策中，卻是經常可見。這些遺忘，也許是要讓族人忘記自己在山林中的歷史。

像是八通關越嶺道路的開通，這條道路讓玉里阿美族、平埔族群從花東縱谷的家園，走到崇山峻嶺工作，這群被日本人叫去背東西的族人，一個隊伍可以多到十個人，就是以前的隘勇。只要行走在八通關越嶺古道，都可以看到一些開鑿的痕跡，這些都是山下的阿美族和平埔族群，被日本分配至崇山峻嶺的拉庫拉庫溪流域，進入布農族領域開鑿道路。

路開通後，日本人就開始叫布農族人做一些勞役。高山協作常常帶著頭帶，完成學者的研究、夢想。曾經訪問林啟南阿公，他說除了幫過一位日本植物學者搬研究器材，他曾經幫日本人搬東西到山上，我很好奇他們會背什麼東西？

Tupa-ang tu uvazang, dasun zami muhai ta pansan paun tu patukuan, siza amin isumt tu lisav kinkiu ma, dasun naita lipun kinkiu maqmaq, maq tu ismut, maq tu lukis, tatau sia ma mama qaimangsut isiatun, laupang tudip 畢業（pantu）, nitu masoqbun a inama, sivun, sinvun haqil a kaupa di hia kaupa ta kapa, siza I lisav ismut, heza las, un tipulun, sia ta nam amaun, maq nam ma kaunun qai asabaqan qai isan 1個派出

大家同心協力把障礙物排除。趙旻翔拍攝

所，aupa kolewa 日本來的 muniti，當時還是年輕的時候，我們跟著他們越過山脈到達叫做八通關，我們收集植物的葉子，用來研究。他們要把他去日本研究這些是什麼植物，何種樹木。我們有三個人幫忙背東西，那時候才剛剛小學畢業。我們背的東西，沒有很重，就是用報紙包起來，收集植物，還有種子，果實，這就是我們背的東西。我們就借宿在駐在所，所以沒有背食物。因為帶我們的是日本來的（研究者），所以我們也跟著上山，一路都安排好住宿的地方。我們就跟著那研究者，跟著他收集葉子，好像山羊一樣，找植物。

射耳祭現場。

射耳祭現場。

前方為林淵源的兒子，後方為林淵源。用頭帶背負重物。

從林啟南阿公的口述中，可以了解到當時他在山上的工作內容，年紀輕輕就要開始背東西，也是替家人賺一筆工資。

不論是林啟南阿公，還是無名的阿美族、平埔族勞工，無聲的在山林背負著他人的夢想，不論植物學者的學術夢，還是日本人的征服、首登夢，協助他們登上文獻。背工們只想著，實實在在的生活在自己的土地上。

二〇一三年中正部落射耳祭，林啟南、林水源、林淵源帶領部落舉行射耳祭，儀式流程主要以林水源、林淵源兩兄弟為主，林啟南負責長老祈福的儀式。

祭典一開始，林淵源帶領年輕人從山上往部落前進，高瑩山、林秀山、林孝德，還有林淵源的兒子，也在行進的隊伍中。他們額頭上戴著頭帶、手持獵槍，用網袋和背架將獵物裝在背上。接著在村口鳴槍，唱起〈背負重物傳訊歌〉，由前頭領路的林淵源高亢地呼喊一句，接著全體一起行動的族人，以布農族慣用的泛音式複音合唱來答腔。

這群唱著歌、穿著獵裝的族人，有的在山上做嚮導背工，有的在國家公園擔任巡山

員，有的協助研究單位進行生態與考古的調查。雖然大部分為工友、臨時人員，卻是生態保育與研究幕後的大功臣。族人們在山林中長期累積的經驗，是這些研究工作不可或缺的基石。然而成就的光環，卻往往不是累積在他們身上，工作辛苦卻不見得有保障。從清朝開始，鄧國志去璞石閣顧用當地的原住民、長野義虎探察山情的原住民數名，幫忙森丑之助脫離險境的七名布農族青年，我們一直都是如此的幫忙進入山林的人們，這樣生活著。

族人們協助登山者爬百岳、替國家公園巡山，被他者稱讚為「古武士般的負責任」、「臺灣的雪巴族」，但這些都是他人所稱呼，只為了要讓族人更認真的為團隊工作，卻忘了去巡自己祖先所開闢的部落聯絡道路。林大哥一直堅持著這一點，告誡這些穿著獵裝的年輕人，要多走祖先的路，讓族人們在山中辛苦工作的名聲，就如〈背負重物傳訊歌〉傳遍整個山林。背工、高山嚮導是很多登山朋友們登山築夢、完夢的推手。

1. 林玫君，二〇一二，《玉山史話》。南投：玉山國家公園。
2. 森丑之助，二〇〇〇〔一九〇〇〕〈臺灣蕃地探險日記〉，收於森丑之助著、楊南郡譯註，《生蕃行腳：森丑之助的臺灣探險》，頁二七〇。臺北：遠流出版事業股份有限公司。
3. 鳥居龍藏，一九九六〔一九〇〇〕。收於楊南郡譯註，《探險臺灣：鳥居龍藏的臺灣人類學之旅》。臺北：遠流出版事業股份有限公司。
4. 林玫君，二〇一〇，〈既抗拒又協助——日治時期臺灣原住民與登山活動之糾葛〉，收錄在《楊南郡先生及其同世代臺灣原住民研究與臺灣登山史國際研討會成果專輯》，頁六九。

第二篇

百年碑情

重回百年前的山林

這裡發生過兩件重大的戰役，一件是一九一五年五月十二日的喀西帕南，另一件則發生在同年同月的十七日大分戰役。二〇一五年剛好是大分戰役的百年，我跟著卓溪鄉的十六名布農族青年、耆老進入傳統領域踏勘尋根。由玉山國家公園南安登山口出發，沿著八通關越嶺道路往返大分。行經瓦拉米、抱崖徒步前往大分，路途長達四十公里。

百年前，布農族人對獵槍收繳行動非常的不滿，起而反抗日本政權，喀西帕南的族人先起義。遷居花蓮縣卓溪鄉太平村中平Nakahila部落Bisazu Naqaisulan的口述，認為起因是「maqalav dau busul」（槍枝沒收）。

ma-a qi tan-a sia madadengaz qai tupa tu ma-aq a Lipung qabas qai musaan sia bunun a,

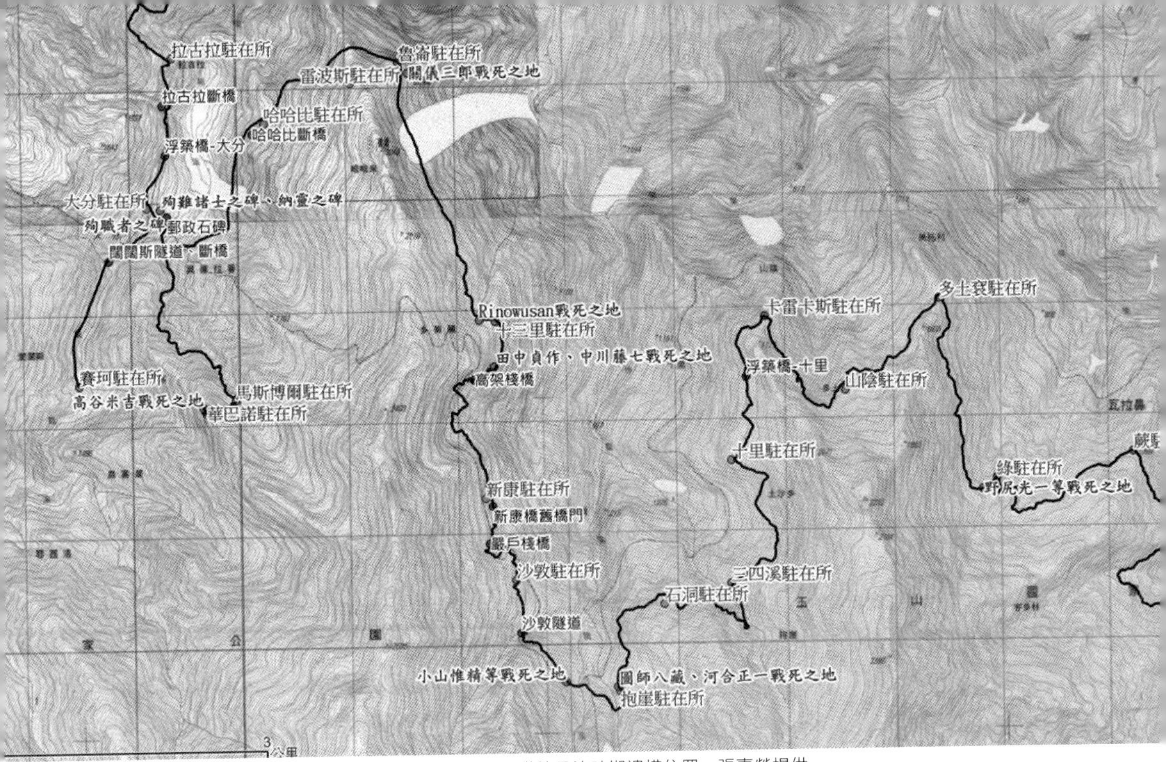

薕（瓦拉米）駐在所至拉古拉駐在所越道路線及沿線日治時期遺構位置。張嘉榮提供

tupa tu maqalav dau busul. Maqalav dau busaul a. Ma-aq a madadengaz qai madikla isaang qalavan busul a

聽老人家說以前的喀西帕南事件，就是因為日本人來到布農族的地方，沒收我們的槍枝。我們長輩對於沒收槍枝這件事，感到非常的生氣。

再來是大分社頭目拉荷．阿雷（Dahu Ali）和阿里曼．西肯（Aziman Siking）兄弟，他們對日人的理蕃和武器收繳行動十分不滿，認為交出武器將造成生計困難，同時也愧對祖先，所以率領族人到處焚燒駐在所（當時在山區駐留的警察或消防單位執勤所

帶著頭帶一步一步走進大分。高雙雙拍攝

頭、頸部位累了，就全部施力給肩部，交替施力，慢慢的走回祖居地。高雙雙拍攝

林淵源大哥用最虔誠的語言，告訴祖靈，我們來了。左一為張緯忠。劉曼儀拍攝

在地），並攻擊、殺害日本警察，藉此對抗日人的武器收繳行動。

百年的時間，到底有多長。百年歲月的流逝，族人後輩會不會對於祖居地的事物，逐漸遺忘。馬奎斯用六代的家族史，書寫百年的長度，百年可以遺忘多少事。布農族人在主流的教育體系下，遺忘了自己的歷史，我們也一直不斷的遺忘與被遺忘，我們遺忘自己的過去，最後被奪走自己的過去，也被這個世間所遺棄、遺忘。

這次的尋根之行，就是尋找屬於自己族群的歷史記憶。參與此次的族人有喀西帕南事件的後裔高雙雙（Ali），也有想要回到外公曾經居住過的石板屋的Sai，還有一些與這個地方不同聯繫的族人共十六名。我們沿著古道，重新從周邊不同氏族的家屋聚落與各式各樣的紀念碑理解歷史。

重回八通關越嶺古道

整理好背包，一行十六人重新坐上車子，來到入山步道口，進行小小的儀式，大家準備了小米酒、豬肉放在石塊上，面對著祖居地，低著頭，心裡說著自己的禱詞，領隊林淵源則大聲的唸出禱詞：

tupau tu isan madadaingaz nasqudas, pisihala mudadan isan dantun, maq isan bungzavaz qai na pisihalun ku napakaun, na pisihalun ka pataqu tu paisanin bungzavan ta uninngang madadaingaz

祖靈，希望能保佑我們一路平安，我們會到大分來慰告你們，感謝你們。

透過這樣小小的儀式，讓我們與祖靈有所聯繫，心中頓時有了依靠。藉著共同吃祭拜的肉、輪流喝著同一杯酒，讓來自不同部落、不同氏族的族人，有共同的期盼，在山林中，有祖靈的護佑，走回百年前的山林。

八通關越嶺道路尋根之行，平常都是高山協作的身分前往，這次以族人為主。趙昱翔拍攝

於托馬斯駐在所留影，這個不知道日本人用來做什麼，有人說是造景設計。趙昱翔拍攝

喀西帕南殉職者之碑

九點由南安遊客中心出發，經過山風駐在所、山風一號吊橋、佳心駐在所，來到黃麻一號吊橋前約一公里處的「喀西帕南殉職者之碑」。此碑在林間靜靜佇立，訴說著當年日警的壯烈犧牲，卻也淹沒了當年布農族人守護領域的英勇。隊中一位女隊員高雙雙非常的激動，因為她要回到她家族長輩參與戰役的地方。

這是紀念一九一五年（大正四年）五月十二日戰死此地的日本人，設立時間為喀西帕南事件發生後的十六年，一九三一年（昭和六年）六月二十四日。主碑體為鋼筋混凝土造，座落於石砌的雙層基座上。主碑高約二．四公尺，為方尖碑造型，以有力的楷書體深深嵌入[1]，碑體的銘文為：

日治時期的カシバナ事件殉職者之碑。圖片來源：毛利之俊，《東臺灣展望》

正面：カシバナ事件殉職者之碑

右側：大正四年五月十二日戰死

左側：昭和六年六月二十四日建之

從日治時代留下的照片，對照現在所站的位置上的紀念碑，此碑就好像在山林中定格，還是保留原來的樣貌。我想是因為位在崇山峻嶺，如果在山下可能會被塗改或放上當權者象徵的圖案。

高雙雙跟帶隊的林淵源大哥說：「當時發生的地點是在這裡嗎？」

大哥回說：「沒有，還要爬上去。」

原來當時的戰役是發生在警備道旁，再往稜線上方高差九十公尺處的喀西帕南駐在所舊址。日本人習慣在事件發生地點設立紀念碑，但喀西帕南事件殉職者之碑卻不是設於事件發生地駐在所，而是

趙昱翔拍攝

蓋在警備道路旁。我們從長滿蕨類的山林中，開闢一條可以行走的路，尋找駐在所。沿著稜線上方，看到一條人造石砌的道路，大家齊力清理駐在所面前的道路。此平臺前方有工整的駁坎，除了面前道路外，左右各有一條道路，寬度均為六尺左右，排水設施完備。平臺上已無建築遺跡。站在平臺上，領隊大哥林淵源指著腳上所踏的土地說著：

Isaan dii Bisazu tupa-un tu luqusun a bantas a, pistaba-un kusi-an sia sapuz a qai, kusia **那個**qusdul a**給他煙**a qai iti. I-iti tupa-un Sipuung patazun a **九個**iti patazun.

Bisazu事件的現場就在這個地方發生的。Bisazu就是在這個地方，腳被綑綁，然後，燃火用煙去燻他。這個地方也是九個日本人被馘首的地方。

大哥所說的Bisazu就是在我旁邊女隊員高雙雙的先高祖父，她現在的心情應該比我更澎湃。尤其是聽到她的先高祖父就在這個地方，腳被綑綁，然後用煙去燻，受盡折磨。我們就像是走進歷史中，眼前的許多景物與當時的情景，好像同步進行著。

我曾在花蓮縣卓溪鄉太平村中平部落，訪問高雙雙的祖父Bisazu。他的名字剛好跟百年前事件中，當天腳被綑綁的族人一樣，因為布農族人在命名規則上，祖父的名字都會

被日本人集團移住到太平的布農族人。圖片來源：《臺灣蕃界展望》，一九三五

傳給最大的孫子。他在家門口前，跟我訴說祖父那一輩曾經發生過的事情。高雙雙的祖父Bisazu認為此戰役的起因是「sizaun busul」（槍枝沒收）。

> Maqalav dau busaul a. Ma-aq a madadengaz qai madikla isaang qalavan busul a,
>
> **因為槍枝被沒收。我們長輩對於槍枝被沒收，心情就非常的惡劣。**

這個說法與文獻的寫法吻合，日本第五任總督佐久間左馬太開始進行「五年理蕃計畫」，[2]有計畫地逼繳布農族人手中擁有的獵槍，喀西帕南的布農族人決定從日本駐在所搶回屬於自己的槍枝。

日本人和布農族人原本沒有什麼重大的衝突產生，直到日本人開始沒收族人的獵槍，造成布農族人對此有所怨言。最初族人按照日本人的政策，繳交槍枝。但是族人已經沒槍了，日本人硬要族人交出槍枝。最後發生了虐打事件，這個事件發生在日本人帶布農族人參訪花蓮港，回來的途中族人被「panakun」（刑求）。這個事件讓布農族人很生氣，於是發動駐在所的攻擊。據布農族人的口述，族人因為獵槍被搶，裝備只有獵刀而已，有的只能赤手打鬥。

maku-uni ata tamasaz, maku-uni ata via, kopa mita via tun. Pisihalun a via masaqsaq, opaq na istabal. Ma-aq a matamasaz qai na madamu mapakitun. Ma-aq i pinveun qai na tabalan,

我們沒有槍要如何打，我們就用蠻力和我們的刀，我們將刀磨利。我們將用我們的力量與他們搏鬥，並將他們打敗。

當天，一個帶頭的領袖來到駐在所，跟日本警手說：「na mun-iti saam in mindangaz mu-u」（來這裡幫忙你們）。當時剛好是警備員用餐時間，突然為首的布農族人大聲喊叫，發出信號「minmadia bunun minsuma」（族人瞬間出現），近百名族人由駐在所附近同時進襲。

mesnadii a bunun minsuma laqdun madamu Ai, madamu Lipung i, opa mapakitun i, opa uka via matabal.

所有的人都跑了出來抓日本人，用摔角的方式，用刀把日本人砍下來。

近百名布農族壯丁悄悄包圍了喀西帕南駐在所，切斷電話線，一舉馘首了十名日本警察。行走至此，彷彿聽到佩刀出鞘的嘎擦聲與此起彼落的步槍聲響，硝煙瀰漫在我眼前，也彷彿聽到高雙雙的祖父Bisazu就在我旁邊跟我訴說這一段歷史。

當時的領袖認為要把駐在所的槍枝搶過來，因為「Ma-aq i ni-i ata siza busul qai, na makubusul enkun, na mataz ata.」（這裡應該有槍，如果我們不去拿，他們就會用這些槍來殺我們。）

minsuma sia tu tatini madengaz malopa ki avula, pistaba uka in.... Aa lusqa in a bunun mesnadii musbai in.

有一個老人家帶著煤油把駐在所燒光光。族人於是逃離現場。

最後族人拿起煤油縱火燒毀屋舍，這個就是Bisazu口中的「喀西帕南事件」。據《東臺灣展望》[3]的記載，「喀西帕南事件」發生在一九一五年（大正四年）五月十二日。主任巡查南彥治君和部屬九名，正在駐在所準備用餐時，突然出現二十幾名布農族人，進行對日復仇行動。喀西帕南事件日警死亡名單：

花蓮港廳喀西帕南駐在所主任巡查南彥治、巡查南城武治、藤年鶴治、大賀敏顯、梶山才藏、橫山新藏，警手稻留瑞穗、岡田孫太郎、原三之助、提水流清一，共十人。事件發生後，族人就往深山逃去。

二〇一五年是喀西帕南一百週年，族人回到百年前發生喀西帕南事件的紀念碑。

Kopa ta mundaan musbai a, mundaan in a bunun munsaan libus tunqabin.

Na pinunpiaq tu qamisan opa haan ludun ta tunqabin haan matikla-an.

族人逃離，逃到山林裡躲藏，在山壁上躲了好幾年。

事件後，如同導火線點燃般，一週內先後發生「小川事件」、「大分事件」、「阿桑來戛事件」等抗爭行動。這些事件，讓日本人有了開闢道路及集團移住等的念頭。喀西帕南部落以巒社Naqaisulan氏族為主，事件後，族人被遷居到花蓮縣和臺東縣的現居部落，現今只留下幾處石板屋的殘跡。

我身邊的高雙雙是這個家族遷移到山下，第一個重回到戰場舊址，算算從參與戰役先高祖Bisazu、參與戰役的曾祖先，被我訪問曾經居住過喀西帕南也叫Bisazu的祖父，算到高雙雙這小女孩，也有五代之久了，百年是這樣久啊。

看完百年前的戰場，我們沿著原路走到古道上，與留在喀西帕南殉職者之碑的隊員會合。並且重新背起背包，趕路到今天住宿的地方——瓦拉米。

---

1. 林一宏，《八二粁一四五米：八通關越道路東段史話》。南投：玉管處。
2. 參考藤井志津枝，《理蕃》（臺北：文英堂，一九九七）；彭明輝，《歷史花蓮》（花蓮：花蓮洄瀾文教基金會，一九九五）。
3. 《東臺灣展望》毛利之俊著，葉冰婷譯，二〇〇三年五月十日原民（吳氏總經銷）。

大分事件——殉難者之碑

下午抵達大分吊橋，過橋後經過被稱為大分玄關的「殉難者之碑」，這是為了紀念八通關越嶺道路第二期工程殉職作業隊員之紀念碑。隊伍中有的人繼續往上走到達今天的駐在所平臺。我和Sai、林淵源大哥、高雙雙停在「殉難者之碑」，並且放下背包。林一宏的書中提到此碑位於八通關越嶺道路大分鐵線橋北側，旁邊原為大分的地藏菩薩。其碑體由天然石材製成，下有卵石臺基。此碑並沒有題註立碑時間。正面碑文為：殉職者之碑。我繞到石碑後方，端詳碑石背面的碑文，碑文以漢字為主，中間夾雜著片假名，字跡漸模糊，就像歷史一樣模糊不清。

大分事件

這次行程的第一天，我們還在喀西帕南聽領隊講百年前五月十二日發生的事，行程的第三天我們就來到大分。好像百年前，喀西帕南結束後的第五天就緊接著發生了大分事件。布農族反抗的心，從山下持續到山上。大分事件在《理蕃誌稿》的記載是這樣：

一九一五年（大正四年）五月十七日，大分駐在所遇襲。根據Asang daingaz駐在所情報，大分駐在所於上午五時左右受到附近蕃人攻擊（Aziman Siking一族除外），田崎警部補下落不明[1]。

根據布農族人學者海樹兒·犮剌拉菲的調查，參與這次行動以Takis Talan氏族為主的大分地區布農族人襲擊打訓警察官吏駐在所之案，參與的布農族氏族除了屬Istanda 氏族的Takis Talan小氏族外，至少尚有Takis Dahuan 等氏族參與。而參與的布農族人，我們可以確認的有後來逃至南投廳而在押解途中遭

族人看著大分事件日本人蓋的殉難諸士之碑。

殺害的Dastar，及Tosiyo社事件中遭慘害的Dahu、Biung、Aziman、Husung等。[2]

大分駐在所員遇難者：警部補田崎強四郎、警察紺野勇治、永山武行、西川傳藏、馬場森之助、岡田莊五郎等，警手興梠豐治、松本勝吉、末繼八十雄等。合計九人。[3]後來在「池田警視之報告」裡稱有十二名遇害。[4]他們來自不同的地方，卻在同一個地方離開。

殉難諸士之碑位於正中央，納靈之碑則位於左後方。此二碑並稱為「大分事件紀念碑」。筆者攝

納靈之碑。筆者攝

日治時期的殉難諸士之碑位。一九三三，《東臺灣展望》。

殉難諸士之碑與納靈之碑

看完了殉難者之碑後，我們往另一個方向，走到大分第二階平臺大分小學平臺下方，再往下走就來到殉難諸士之碑與納靈之碑。殉難諸士之碑立於一九二九年（昭和四年）五月十七日，也就是大分事件十四年後。

歷經八十幾年的歲月，石碑還相當完整，碑文清晰可讀。納靈之碑沒有刻上日期，領隊大哥林淵源說這個碑的設立主要是紀念死去的布農族人，因為日本人所設立的碑主要是祭拜為國捐軀的警察、工人，而沒有專為布農族人而豎立的碑。因為有一些警察常夢見穿著布農傳統服的族人在此遊蕩，但一下子就化為血流成河的畫面。為了消弭警察心中的恐懼，於是建了這個納靈之碑。

這兩座碑，主要是日本人為了紀念一九一五年（大正四年）「大分事件」死難的駐在所警備員及布農族人。兩

大分駐在所職員及家族。圖片來源：毛利之俊，《東臺灣展望》

日本政權在大分事件，控制住大分區域，開始設大分教育所，這是一所給布農族人小朋友的學校，透過教育改變族人的生活觀，圖中為布農族小孩。圖片來源：毛利之俊，《東臺灣展望》

駐在所寫住ターフン，這就是八通關越嶺道上的大分駐在所，這張照片距離大分事件十五年後，大約一九三〇年拍攝，警察官吏在駐在所前合影。翻拍自葉柏強個人臉書。

個碑一前一後豎立著，紀念碑周圍有石砌的圍牆，圍出一塊方形的基地，殉難諸士之碑位於正中央，納靈之碑則位於左後方。兩碑均為天然石材製成，殉難者諸士之碑的銘文是蒼勁有力的魏碑體，而納靈之碑的則是陰柔流暢的行草體。[5]

這一夜，我們在大分山屋住宿。這一棟山屋就位在駐在所建築群中的地基遺址上。看著天花板，時間跟著回溯，回到一九一五年五月十七日，族人對日本人某些作為產生不滿，這個不滿達到了極限，於是將名為打訓蕃務官吏駐在所焚毀。

夢寐之間，彷彿聽得到多年前日警與布農族人交戰的廝殺之聲，兵器鏘鏘，一陣陣傳過來。一九一五年的大分事件，當時被焚燬的駐在所，重新在一九二〇年十二月二日建造，更名為大分警察官吏駐在所。日本警察短暫失去大分的主導權，幾年後，開始建道路，運大炮，將大分成為八通關越嶺道路上最大的駐在所。

腦海中，呈現日治時代的一張照片，警察官吏於駐在所前的合影。根據林一宏的說法，從照片中的警察服飾可確認是大約一九三〇年前後。警察左臂有臂章，應為特別事件、「非常召集」，推測是一九三二年以後，大膽假設與小野巡查失蹤事件的搜索有關。在族人的口述，這是一件日本老師受不了深山的生活，自己跑離山林。但也因為這件事，牽連了好多族人，逼迫族人說出這位老師的行蹤。

族人和日本人的故事，沒有因為大分事件結束而結束。一座一座的戰死地之碑，沿著八通關越嶺道路豎立。百年後，我們回到歷史的現場，並且睡在百年前的遺跡上，做著穿越時空的夢。

1. 見《理蕃誌稿》第三卷，頁一六一一七。參考漢語譯本頁一四。
2. 余明德，二〇〇五，〈布農族 Dahu Ali發動大分事件說的解謎〉，未出版。
3. 見《理蕃誌稿》第三卷，頁一七一一八。
4. 《理蕃誌稿》第三卷，頁二十。
5. 林一宏，《八二粁一四五米：八通關越道路東段史話》。南投：玉管處，頁一六六。

戰死地之碑

一大早，整埋好背包後，我們重新出發離開瓦拉米，途中看到一個戰死地之碑。喀西帕南及大分事件後，日本人決定開鑿道路，在開路的過程，布農族人感受到部落受到侵害，於是當路開到那裡，族人就會做一些反擊。日本人只要有人戰死就會在戰死地立碑。從玉里入山的第一個日警戰死地之碑，就是野尻光一、ルスカウ（rusukau）、ババイ（babai）、潘阿生、潘阿武、潘納仔戰死之地。這個事件發生在一九一九年（大正八年）十月十日，布農族人襲擊第一期工程作業的日本人，造成六死四傷。這個碑體是鋼筋混凝土造，方尖碑造型。隨後在古道還有好幾個類型相同的戰死地之碑。

這個紀念碑除了古道的第一個戰死之地之碑外，布農族流傳了這樣的口述歷史，這個碑除了馬遠丹社布農族人，裡面姓潘的隘勇，應該是平埔族群的族人，他們被日本徵召到山林工作，最後戰死在這個地方。在布農族的觀念裡，族人不能殺害自己的族人，這是禁忌，如果殺害自己的族人，會把惡運帶進部落。那為什麼會誤殺馬遠的族人這一件事，主要原因他們都穿著日本的制服，無法判斷是不是布農族人。下面是林淵源大哥所說當時的情況：

saduan bungu tu mavia nibung misang uka, at bunun, laqtanun bunun ita, itu bunun tu bungu a laqtanun ita dau haihaip I inka siapun tu ai, mavia bunun, simaq maipataz, ansiapun tu sia bubukun maipataz.

看到所拿的頭為什麼沒有門牙，他們才發覺出草到布農族自己人，於是他們把頭丟棄在路邊，因為丟棄在路邊，很多人就知道這件事，為什麼有布農族的人頭，是誰殺了布農族，之後才知道是郡群的布農族人誤殺的。

布農族禁忌中，戰爭是不能殺害同是布農族的人，這樣的行為不被認同，他們看到原應該要攻擊日本人，卻發現有缺齒的特徵，才警覺殺到自己人，之後才知道這是郡社的布農族人所誤殺。根據文獻伏擊的是來自托西佑小社（Toshiyo）郡社群族與臺東的吉木社（Kaimos）、摩天社（Matenguru）的族人。

我們一邊走，一邊看著這些戰死地之碑，每一座碑都是一個故事。雖然碑文都是寫著日本警察戰死的歷程，透過耆老的口述及自己的想像，我好像看到布農勇士如何利用天險，來到石洞駐在所，如何利用日本人在進行道路橋樑整修工程時突襲的過程。我們一路沿著當時突襲的路，來到今天晚上睡覺的駐在所——抱崖。

進入抱崖駐在所的轉角可以看到圖師八藏、河合正一的戰死地之碑，他們應該是從駐在所走出來，準備前往道路修補作業中，被躲在轉角處的布農族人擊中。他們離駐在所，只有剩下十公尺的距離。

在這幾十座的紀念碑中，我們可能會認為這些都是為了紀念戰死的日籍警察而設立。但我們可以從人名來推測出，有些是具有阿美族、平埔族群的人。可以從戰死的人以片假名書寫，來判斷可能是布農族、阿美族、平埔族群。還有就是姓氏，最常出現的就是漢姓潘姓。所以我們可以看到位在綠駐在所第一座的戰死之碑，就有兩個片假名ルスカウ（Rusukau）、ババイ（Babai）為命名，有三位潘姓，為潘阿生、潘阿武、潘納仔，他們都是隘勇。

我曾經跟著林務局阿美族的巡山員莊健成大哥，來到巡查小山惟精、後藤又五郎、バラッ戰死之地。我在山下看過林一宏的書中提到，バラッ跟其他戰

從戰死的名字，可以看到不同族群在這空間生活的歷史。

在一九二〇年代發生後，最初設立的是木造紀念碑。上面只寫著兩位日藉巡查警察小山惟精、後藤又五郎。圖片來源：毛利之俊，《東臺灣展望》

現今看到的紀念碑是一九三〇年代改建為鋼筋混凝土造方尖。バラツ警手身分的名字這時候加上去。

死的日本警察不一樣，大部分警察的出身都是日本內地的縣市。而バラツ的身分則為花蓮港廳人。我用片假名跟阿美族的巡山員說這人的名字，他說這個名字，阿美族也有。讓我產生很多的想像。其他像是片假名的スラ、アセン，也都有相同的情況。

バラツ這個紀念碑，在一九二〇年代發生後，最初設立的是木造紀念碑。上面只寫著兩位日籍巡查警察小山惟精、後藤又五郎。是在一九三〇年代改建為鋼筋混凝土造方尖。バラツ（Baratsu）警手身分的名字才加上去。是什麼原因，讓他剛設立時被排除，是警手身分、是因為原住民族嗎？是什麼樣原因，又在十年後再把名字重新加上？這些都讓我對這條路產生了不同的歷史想像。

拉庫拉庫溪流域為布農族的領域，從日治時期就以布農族人為高山協作。在這裡工作的阿美族、平埔族群的隘勇，更不為人知。就像記錄在一九四〇年的《台灣警察遺芳錄》，他們去世不明，無法記錄到他們卒年，只能從口述及文字中推敲，建立出自己的想像。

第三天的行程是從抱崖到大分，到大分前要翻越魯崙稜線，是整趟行程較累的一天。在途中，古道旁有一個用石板堆出來的四方形石堆，如果沒有長輩提醒的話，很容易忽視這個石堆。為了要讓順行的記者Sai和高雙雙了解這個石堆的源由，領隊大哥林淵源又在大家面前講了這個石堆的故事。

maqa qabasan 這個 kasasan 南投 qai dasun aipa isia ta nasqudas musaupakaliku tun, isia kalinku tun qai kau-uvaz-azin. miliskin aipa tu nahaizaang patamaun su han 南投dasun dau pasadu dau 南投 ta, maqa inaita tama qai padaan ti mihalang mataz, mususuna uvaz-az a ni sausan 南投 ta, musuqisin dau.

以前有一個家族原本居住在南投，有一位小孩子被他的祖父遷移到花蓮。這小孩長大後在花蓮定居，並且生了孩子。他想說還有親人在，想帶小孩回到南投認親戚，結果就在這裡生病而死。小孩只好折返，沒有回到南投。

布農族人無法在石碑刻上文字，只能從兄長的口中，一句一句的記在心中。這位父親不知為何不再撐一下，就可以走到多美麗（Tomiri）駐在所，至少日本人還會提供一些醫療。這個用石頭堆出來的紀念碑，因為跟文獻中的田中貞作、中川藤七戰死之地很接近，有人說可能就是這個紀念碑的基座。在這裡族人的口述和文獻的記載，有了不一樣的說法。族人的口述，是否與這個基座有相關並不重要，重要的是族人留下了一個思念家鄉的感人故事。

我們上魯崙稜線之前在多美麗前休息，多美麗為日語「十三里」（自玉里至此地約為十三日里，五十一公里餘）之音譯，其駐在所平臺遺跡頗大，設有兩處入口，一處便門，木炭窯規模亦完整，北側七十餘公尺的路旁，又看到日警戰死之碑，リノウサン戰死之地。這是一位新康駐在所警手。幾乎在文獻中，無法了解這個警手如何戰死在這裡。可能是他的階級較小，所以リノウサン（Rinowusan）的出身、生平及事件的經過，並沒有記載在《臺灣警察遺芳錄》。

這次的行程只到大分，過大分之後到大水窟這段路，還是有為數不少的戰死地之碑。其中有一個碑，刻著カサウ（kasau）的名字，最特別的是他的工作職稱——官役人夫。這個職稱，有點像臨時工，平常就沒有這個工作，因為宮野巡查帶領了五十多位的隊員，成立了道路測量隊。カサウ花蓮港廳人，從山下做了這份臨時的工作，最後死在這個地方。我們的高山協作隊員，其實就像他一樣是以臨時工的性質來做背負的工作。

其他還有スラ（Sura）、アセン（Asen），因為階級低下，只在事件現場立碑紀念，兩人並沒有入祀建功神社。還有戰死紀念碑已消失在山林中リノ（Rino）、Namo、Hoyin等

人，這些可能具有原住民族身分的隘勇、警手、官役人夫，被日本人帶進了布農族的傳統領域，他們的工作性質有點像是背工、高山協作、雜役，協助日本人建造道路、駐在所。他們原本用自己的身體，在山下的部落建立家園。日本政權利用權力將他們帶來山上，身體讓渡給政權，用自己的身體，進行服勞役，最後死在異地。他們的故事，更不為人知。

在此用午餐後，十一時再上路，走一段日本路後，由乾溪溝旁小稜上攀、轉走溪溝上抵鞍部。往下橫渡碎石坡，雲霧中大分隱約出現，耆老就跟高雙說：

Isaq ma-aq a Tahun qai, tas-a ngaan a. Ma-aq a tahun a bunun qai sintupa tu Bongzavan.Bunun tu qalinga qai "Bongzavan". Ma-aq a Tahun a itu-Lipung in, Lipung a qalinga Tahun a.

這個大分在布農族的稱呼，其中一種為平臺之意。主要的原因是住在大分的族人，大部分住在Bongzavan的地方。而大分則是日本時代統稱這個地方的稱呼。

耆老跟年輕的高雙說，大分這個地方布農語叫Bongzavan，平臺的意思。而大分是日本的稱呼。耆老就是透過當下所見的空間，將地名的意義銘刻在我們心中。

唱出歌聲，回到石板屋

行程的第四天，一大早，我們穿起從山下帶來的傳統服飾，準備今天的祭拜儀式。我們帶著沉重的步伐，走向駐在所的第三層平臺，駐在所平臺可細分為三層，每層落差約三公尺，下層為駐在所平臺，中間曾為官舍平臺，上層為武德殿平臺，最南側有一座高厚石牆，這是日本在這裡建造的軍械倉庫與彈藥倉庫，我們選擇最上層的武德殿平臺舉行儀式。領隊大哥林淵源大聲的喊出各部落的名字，接著對祖靈說：

masaupati maqtuang madadaingaz taqu tu maduduaz tun, iti sam sau dau ku tuani mu, munanpukav mita laupaku, napakausam laupaku mutu sia maibabu tun

祖靈都來這裡，讓年輕的後輩，了解以前發生的事情。前來這裡，我們已經準

備好祭品了。

透過呼喊，緬懷百年前，為了捍衛土地、領域跟族群尊嚴，抵抗日本軍隊的布農族人。透過呼喊，呼喊各部落家族、祖先，告知孩子回來探望。接下就是點酒、祭酒、誇功宴。最讓我感動的是唱pasibutbut時，我被分配負責低音「lagnisgnis」的部分。

手拉手或肩搭肩成為一個圓圈，面向內，由這次的領隊發音，並隨著領唱者的音高逐步上升，我也配合著唱和，維持四至五分鐘，然後仰望廣闊的天際，音樂驟然停止。第一次覺得祖先就在旁邊，聽著我們合唱。

唱完後，我們與祖先共飲，喝著酒，吃著肉，討論這裡曾發生過的事。最後由領隊大哥林淵源把祖靈送走，他一直交代我們年輕人，口中要唸著自己部落，祖先名字，請他們回到自己的家裡（Mai-asang）。送走祖先後，舉行過火（laungkav sapuz），表示與剛才祭祀場的儀式切割開來，避免將不好的氣息帶回。另一方面，也象徵將不好的東西跟氣從身上趕走。儀式結束完後，Sai跟領隊大哥林淵源說：「我想去外祖父住過的石板屋。」

於是林淵源大哥帶我們這幾個年輕人，到後方平臺的舊部落區。上切到第三個森林平臺往右走。基本上這層平臺是大分後方的部落區，有許多大房子，甚至當時所用的檜木柱子都還在。我們走到一座只剩一面牆的石板屋，林淵源大哥就說：「到了。」

Sai說著：「這就是我外祖父埋葬肚臍的家，我在山下阿姨們都有跟我講這房子長得如何，外公曾經在那個地方做過什麼樣的事。真不敢相信我可以回到外公居住過的石板屋。」Sai是這次隨隊的攝影師，一路上認真的工作，看不出他的表情變化。只有來到這裡，在說這些話時有一些顫抖，眼中泛著淚光。

布農族人雖然沒有用石塊，刻上文字記錄歷史的習慣。但是，眼前的石板屋不就是記錄我們族人的歷史，只要用心體會，都可以從石板屋的殘跡，找到家族的源流。

回到駐在所平臺，辛苦了一整天，大家找到自己心中的歸屬，回到山屋休息。我選擇一塊石板，靜靜地坐著，看著對面的布干山，那是祖先居住過的地方。想起在山下讀的一本書《臺灣原住民族系統所屬之研究》，從書中了解到我們的祖先從南投郡大社，遷移Nanatuq，最後來Masisan。系譜中，我們這個家族與拉荷．阿雷是mavala姻親關係，進行了交換婚，Biong娶了拉荷．阿雷的女兒，而拉荷．阿雷的兒子則從我們家族娶了一位名叫Ali的女子。我細細算算從郡大社到Masisan，也歷經了六代。

大分事件後，Takis Taulan家族為了持續抵抗日本人，於是借助姻親的關係，來到

Sai的祖居地，屋內有壁龕。筆者攝

Masisan做一些防禦的工事。使得臺灣東部拉庫拉庫溪上游的大分、Masisan、Nanatuq等警察官吏駐在所不得不撤廢。撤廢的結果也等於是日本政權勢力在此地區的退卻，但也因此布農族人遭遇更強大的侵略和壓迫。當拉荷．阿雷家離開Masisan後，我們Takis Vilainan家族，也面臨被集團移住的命運，造成現在家族分崩離析的局面。

馬西桑有一個特別的戰死地之碑，是用檜木製成。本來是跟其他的戰死地之碑一樣要用水泥，但路途遙遠，先用檜木代替。但沒有想到日本戰敗，無法背運水泥完成此碑。沒有名字，沒有故事，也不知是哪一個家族的祖先突襲這位日本警察，一切都是未知，就像這空白的檜木。每次回祖居地經過這裡，寂寥感總是油然而生，現在日本還有後輩傳述這位警察的故事嗎？

如果拉荷．阿雷（mavala）姻親關係所生下的孩子為集團移住的第一代來推算，像我的祖父就是集團移住的

大分駐在所。圖片來源：毛利之俊，《東臺灣展望》

木頭製成的紀念碑。筆者攝

第一代，我的父親是第二代，就已經沒有回去過馬西桑了，我這一輩就是第三代，我的大哥搬離現在的部落，第四代往都會成家立業，這樣被迫遷離到山下也有五代之久，他們還記得山上所發生的事嗎？會像空白的檜木紀念碑一樣嗎？沒有人記得起山中的一切。

望著斷壁殘垣的布農家屋，當所有的痕跡都被大自然吞去，後輩們還會記得這裡曾經是祖先居住過的地方嗎？我們是否也要找一塊石塊，刻下這裡的故事？石碑到底可以保留多少的歷史、多少的悲情。每次來祖居地，都是一連串的疑問？

夜晚的到來，我的心逐漸平靜，日警與布農族人交戰的廝殺之聲，兵器鏘鏘聲已消失不見，只有刻下更多的疑問在心頭。

碑從中來

八通關越嶺道開鑿記事碑

每次要進入八通關越嶺道路，有時會先在玉山國家公園南安管理站集合，整理背包。南安管理站前有一座紀念碑，此碑原址位在玉里神社前（今玉里鎮民族路），之後被當作水圳的踏腳橋板，一九八八年由楊南郡找到並通知玉管處運回管理站。碑體由片麻岩製成，尺寸約為一八三×八三×一八公分，碑文為楷體陰刻，是在一九二一年（大正十年）一月二十二日八通關越嶺道東段竣工儀式時立的碑，用來說明開鑿時所發生的事情。[1]背面寫著：

起工大正八年六月十日
完成大正十年一月二十二日
里程自玉里至大水窟二十一里十二町十七間
經費十七萬四千八百四十六圓
隊員延總計五萬四千四百七十人（按：人次）
職工人夫　仝　十一萬三千九百二十一人（按：人次）
（略）
大正十年一月二十二日建之

這段碑文，可以看到這條道路，前前後後總共隊員五萬四千四百七十人次，職工人夫十一萬三千九百二十一人，簡簡單單的碑文人數，我們看到是一群人的數字，那他們的身分背景呢？日本人、漢人、布農族人、阿美族人、平埔族群的人，在這條路上，扮演了什麼樣的角色，警手、隘勇、還是隊長？有時候從碑文中，這些人簡化為一群人。我試著從文獻中，尋找他們的身分、他們的族群。

八通關越嶺道開鑿記事碑反面。筆者攝

我們可以從碑文背面得知，日治時期的「八通關越嶺道路」修築於大正八年（一九一九），完工於一九二〇年。從當時的報紙《臺灣日日新報》的報導中，他們先從測量開始，第一年也就是一九一九年的工事，分兩邊進行測量。南投廳從東埔至八通關，花蓮港廳從玉里開鑿到伊霍霍爾溪，測量完隨即開鑿。

花蓮港廳從六月一日開始，這邊派了搜索隊大約一百人上下。南投廳[2]五月六日由山下集集支廳長為隊長，約一百名搜索隊，還有警察本署財津久平技手、小島警部亦來會合，大約十多日可測量完畢，隨即可開鑿道路。[3]兩邊計畫第二年在大水窟相會。

八通關越嶺道開鑿記事碑正面。筆者攝

東段的道路測量從六月開始，由財津久平技手負責測量，約需十八天的時間[4]。十日早上八點，在花蓮港廳玉里支廳，編制八通關橫斷道路開鑿隊作業隊，以梅澤柾警部為隊長，計有警部一名、警部補四名、巡查五十二名、巡查補四名、警手二十一名、隘勇二十名，共計一百零八名，預計分成四個分隊，首先測量路線，接著開鑿道路。[5]外加本島人、平地蕃、高山蕃等三百人，以及職工等四十人，開鑿隊首先從玉里支廳水源地道路接續開鑿，伐樹開道，到拉庫拉庫溪左岸的中央警戒所，把此地方當作部隊本部所在，先頭部隊已經到了中社部落附近，而開鑿隊中染患痲拉利亞（瘧疾）以及腳氣病的人不多，當時財津久平技師已測量完，從拉庫拉庫溪上游的多土袞社（Totokun）間的預定道路路線，先行下山。[6]

大正八年（一九一九），五月起，八通關西段的開鑿隊分成兩個隊伍，一支以集集支廳管內的東埔社為根據地，另一支以八通關下方為根據地。東埔已經往前開鑿約一里（約三．九公里），都是斷崖絕壁，施工非常困難，偶有被落石砸中等情事，八通關方面的開鑿隊在八通關鞍部下方露營，已經開路約三十町（約三．二七公里），根據《臺灣日日新報》八月七日的報導[7]，指出那幾天天氣非常的寒冷，有時候有太陽照射的時候，又非常的熱。晚上溫度則驟降至十度C，他們一直希望計畫都能在預定的時間內完成。九月二十三日為止，從東埔到八通關約七里的道路已經完成了兩里一町兩間，斷崖二十八町兩間，當下的作業員，警部一名、警部補兩名、巡查二十三名、警手三名、隘勇二十二名，計五十一名，人夫計有本島人六十二名、原住民[8]一百七十名，計兩百三十二名，此外還有大工一名、石工四十三名、木工十一名，計五十五名，全部總計三百三十八名。[9]

我們可以看到日本人的隊長、警部、警部補、巡查、巡查補、警手、隘勇、本島人、平地原住民、山地原住民[10]、職工，不同的族群、不同的身分，一起共同在拉庫拉庫溪流域，從測量開始一直到開鑿，最後到完工，動用了很多人。遇到了各式的困難，天氣、地形、痲拉利亞（瘧疾）以及腳氣病，這些都是很艱困的挑戰。這些都是碑文，無法一一的呈現，只能站在碑文前，想像著萬人次，來來回回開鑿的情景。

站在八通關越嶺道開鑿記事碑前，這裡的碑文記載了起工、完工的日期、里程數、經費、動員人力，日本人透過碑文記錄了這一段歷史，這一段豐功偉業、這一段篳路藍縷，卻無法寫出原住民族群及卓溪布農族人在這條道路所經歷過的苦難，口中所述說的悲情。

抗日英雄紀念碑

第六天，我們回到山下，先在卓樂休息找朋友，這個地方舊名為Takuroku（卓麓）。

位於卓樂派出所旁有一座「抗日英雄紀念碑」，這座紀念碑於戰後所設立，紀念日治時期卓樂（Takluk）部落一群慘遭日本軍警所殺死的族人，在當地族人心中藏著一段相當悲慘的故事。卓樂的耆老Qesul Istasipal這樣說那段的歷史：

sia memasanbut sia mepataz Lipuung hai munhapav a dau.Amus tona-Takluk ta hai pahudan davus, na maaq quu dau Bunun misbusuk i, at mena-ita in hanpiing manaq.Eza saan Takluk ta 墓碑, tupa i na sadua amu saan 派出所isaan uung tu mananakis ita.At, panahun at, eza mihumis ang a haltumun, eza dau Bunun tenivaas.Ita munngaa Bunun palusvakun mapataz.

就邀請那些曾反抗（日本）的一定要出席。之後，他們一到達卓樂，日本人就請他們喝酒。結果，大家都喝醉了。然後，日本兵就在那裡開槍射擊。在卓樂那裡有他們的墓碑，你們應該看過，就在派出所往上走那裡。開槍射擊之後，有的族人還活著，他們就把他們全埋了，而且還有一些沒被槍射中的族人。我

抗日英雄紀念碑。

們的族人就是在那時差點被他們殲滅的。

Pima Tansiki-an:

Muhna in anpukun at. Dasav dau sia tu ezaan ilumah sia tu banaznaz, binano-az, uvavaz-az at dasav.Tuza dau tu makilavi in, nii mahansiap tu mepakipataz, sipungul in opa hai, tukua... anpukun in dau haan sia kaku ta, adu isian kaku ta, nii in mahansiap. Tupa tu, nii tu mahansiap tu anpiin hai nanu tu zunpii in 已經zunpii in sia tu na mapataz i sia bunun. Tuza mun-anpuk in, kat cisha dau sia tu busul kat picikpicik manah dau sia tu bunun.Mopa ta.

他們又再次被邀約。就說把家裡所有男人、女人，還有孩子們通通帶過來。他們就真的都跟過來了，把之前曾有過死亡衝突都給忘得一乾二淨。然後……全部的人都被召往學校的地方聚集。是否是在學校，我也忘了啦。結果，他們渾然不知日本人早已安排士兵準備就緒。而事先的安排是因為要準備殲滅這些布農族的族人。當族人們都聚集的時候，殊不知突然的槍聲四起，士兵們舉槍射擊在場的族人們。事情就是這樣。

文獻則有不同的看法，《臺灣日日新報》在一九一五年（大正四年）八月十二日「高山蕃騷擾、敵地の屍十一」、十月二十八日「警部負傷續報」寫下這個事件；《理蕃誌稿》則記載，八月六日這一天，爆發了所謂「中社騷擾事件」的集體屠殺布農人的慘劇。《八二粁一四五米》則認為「卓樂大屠殺事件」應為一九一五年（大正四年）八月六日所發生的「中社騷擾」。

所以從文獻得知喀西帕南事件、大分事件發生後一個月，為了增強警察防備，在一九一五年（大正四年）年六月二十日，花蓮港廳當局便將原先設在拉庫拉庫溪下游南岸的中社駐在所向下游後撤約四公里遠，移至「拉庫拉庫溪與清水溪會流點左岸高地」，就是今日卓樂駐在所的位置。八月六日，就發生了「中社騷擾事件」的集體屠殺布農人的慘劇。

當地耆老的印象中，當時日本當局為了鏟除反對勢力，於是設下了酒席款待布農族的壯丁們，趁他們喝醉之後，再將他們推入早先挖好的洞內並將他們活埋！只有少數人僥倖逃過一劫。

duma minsuma ita, tupa qabas savan in qaimansut a, paqudaan davus patazun in naika

有的是從別的地方來的，他們給了東西和喝了酒突然加以捕殺活埋，只有少數人僥倖逃過一劫。

mataz haizang musbai, haiza musbai aupa maqu qabas vanglaz musbas, tunpu danun, makahan in ma 南安 nu ludun a ni makasan dan lipun in na haiza lipun, maka ludun musbai, maupata,

有的人見機跑掉，有的從河邊有的從南安的上面，就是不能從日本路因為會有日本人。（黃泰山）

官方檔案記載指出事件發生的原因，是布農人酒醉後向警察動刀攻擊，警察被迫還擊而殺人，我想這應該是官方的藉口。衝突發生時，警察僅有數人受傷，布農人卻有十一人以上當場死亡。日人最後也沒有為這件事立一個石碑。

根據當地青年潘子星的說法，這是民間自己設立的紀念碑，因為這件事沒有被官方記錄，但是透過口耳相傳，偶爾會有人提起，或許因時間的推移、或許因記憶中的陰影，使史實產生了歷史時空上的錯象，但不論是「中社騷擾事件」或是「卓樂大屠殺」，都是一個族群衝突的悲劇。直到民國七十多年，才由一位國小老師，泰雅族的周清松先生立了個石碑。[11]十幾人的性命只換來一個簡陋的石碑，上面甚至連死者的姓名、事件內容、時間都沒有，只剩下無法熄滅的十二道光芒。

表忠碑

六天返回傳統領域踏勘尋根行程結束後，回到自己的村落前，在經過玉里時，看一下玉里的表忠碑，總結自己這幾天的心情，而這個碑應該也是日本人總結至一九一五年「喀西帕南事件」、「大分事件」、「中社騷擾事件」（卓樂大屠殺事件）、「八通關越嶺道路」、「集團移住」等所發生的事，而建立的慰靈碑「表忠碑」。根據《臺灣日日新報》記載，此完成於一九三二年（昭和七年）一月五日[12]。

面對「玉里社」（當地人稱為「玉里神社」）入口的右前方，還保留一座以鋼筋水泥建造的「表忠碑」，其建立目的乃為了紀念、表彰因壓制強悍的布農族人、遭瘴癘之氣感染，及為開拓「八通關越」（「八通關越嶺道路」）而殉職的日本警察。「表忠碑」連底座，原本超過一層樓高，乃慰靈與感謝的象徵物，據說在當時看到它的人，會自然而然地向其低頭致敬。

昭和八年（一九三三）的玉里「表忠碑」。圖片來源：毛利之俊，《東臺灣展望》

表忠碑位在玉里社第一鳥居北方，建立於一九三二年（昭和七年）一月，合祀著自警部田崎強四郎以下共一百九十五名殉職、殉難、病故的警察人員[13]。碑體除外觀略有污損外保存情況仍算完好，但基座、欄杆及部分附屬設施則多處毀損，並有水塔、天線、電線等攀附，嚴重影響整體景觀。今日已與鳥居、參拜道、石燈籠等共同登錄為縣定古蹟「玉里社殘蹟」。

從毛利之俊於一九三三年（昭和八年）所拍攝的照片，可以見到「表忠碑」正面朝東，底下至少有五層鋼筋水泥所堆疊的平臺，最下面兩層還混合了石頭。另外，從最底層走上第一層平臺，有四階的石階梯；第一層平臺有圓柱及砲彈型的石柱，並由鐵鍊串起來圍成一圈。

這個碑曾經跟玉里神社一樣差點被拆除，民

國六十三年（一九七四）二月二十五日，內政部發布「清除臺灣日據時代表現日本帝國主義優越感之殖民統治紀念遺跡要點」（臺內民字第五七三九〇一號函）：

日據時代遺留具有表示日本帝國主義優越感之紀念碑、石等構造物應予澈底清除……[14]。

位在深山的碑，因位於偏僻的山區，隱沒於荒煙蔓草中，被人們所遺忘，所以也躲過戰後的國民政權及人為報復破壞，而能保存至今。山下的碑文，則多少深受這個政策影響。雖然這些碑記錄著日本人的事蹟，但如果全部拆除，我們將會找不到與日本殖民統治時期歷史的對話。這次走在古道，可能就缺少了穿越時空的想像空間。

太平村建村頌德碑

一路上看到一座一座的紀念碑，回到自己的村落，想到村落也有一個碑，位在太平國小內，這是為了紀念一九二四（大正十三年）建村，日本人於昭和十九年

日治時代大正十三年（一九二四）建村建立的太平部落示範村。圖片來源：《臺灣蕃界展望》，一九三五

（一九四四）在此建立建村頌德碑。

卓溪鄉太平村的聚落形成非常的晚，一直到日治時期在日人的規畫下於一九三〇年（昭和五年）開始逐步形成。在此之前據布農族耆老的報導，曾有阿美族人與漢人在此進行小規模的墾植，不過太平村布農人移入後紛紛退出。

太平村目前的三個聚落中，最早形成的是太平聚落，形成的時代大約是一九三〇至一九三一年間。最早的聚落位置位於今日太平國小前，大約在派出所前方。當時溪水原本流經今日的太平部落，並在派出所前方形成一個小型湖泊。最早一批來此的布農族居民以取水方便，有數戶在湖邊搭屋居住，但不久便發現瘧疾病例，族人不願意在此繼續居住，轉而向山遷移至今河流對岸的林道上方，海拔位置約一百五十公尺的緩坡地帶，稱為Tavila。此一時期部落居民的家屋與聚落，雖然仍在山上，但是耕作方式，在日本人的教導下，已經由傳統的山田燒墾，轉為水田耕作，主要的耕作區域，便是今太平村的水田區域，而作物的項目也由傳統的小米轉變為水稻。

一九三三至一九三五年間，河流的河堤與部落的溝渠修繕完畢，溪水改為今天的河道，而不再流經太平村的農地。派出所前方的小型湖泊在沒有溪水的注入，靠山一側的山水又有溝圳直接排入溪水，湖水在缺乏水源挹注的情況下，逐漸乾涸，形成新的農地。在免除了湖水孳養蚊蟲，造成瘧疾的不利因素後，族人逐漸願意遷徙下山，重新回到今太平村的平地區域，形成聚落。

根據林一宏的調查，拉庫拉庫溪南北兩岸布農族舊部落約有五十五個，兩百八十四處的建築物遺跡。大分事件，喀西帕南事件後，在集團移住之前，日本人為了要讓山上布農族人遷移到山下，於是就在昭和五年（一九三〇）開始在現今太平村規畫示範村。

一九三六年間，日人開始把太平村興建為模範的計畫。首先測繪地圖，完成社區的街道與房舍分布計畫，同年在今太平派出所前設製製材場，引進大型鋸檯及相關機具。

由日本人監督、阿美族人負責施作、從伐木鋸木開始、經過製材、建築等過程，太平部落完成二十八戶的日式木製房舍，轟動花蓮，並以「模範村」的名義成為日本殖民政府向全省宣傳「蕃人集團移住」的樣板。

當時的太平部落，不但房舍美觀，前後設有庭院，同時每戶還有廁所浴室和廚房，

太平村建村頌德碑。筆者攝

在今對外道路之旁，設有集體的牛欄，與豬舍、雞舍。可以說連漢人村落也難望其項背。再加上社區的街道經過預先的規畫，整齊畫一，非常有現代感。「模範村」一度讓太平部落成為全省訪客至玉里來訪參觀的重點區域，終年訪客不斷。

所以出生在喀西帕南社的黃泰山，集團移住遷到太平村中平部落的時候，跟太平村的族人，存在格格不入的狀況。尤其是服裝，他這樣分享他的經驗。

Ma-aq saak tu munnustu ti in qabas qai, opa zami bunun qabas isdadaza uka ang hulus a, painukan ang saak sia itu-miniqumis sidi, sakut tu hulus a. pankulinan ang.

我移住山下的時候，因為那時住山上的人，還沒有這樣的衣服，所以我是穿著山羊或山羌的獸皮衣，胸前圍著肚兜。

前方中間兩位長者為黃泰山耆老的父母親。黃泰山家族提供

他說沒有這樣的衣服，指的就是和服。還是穿著布農族用獸皮作的衣服。他第一次去上學的時候，同學就笑他：

Opa nanu saak tu mesna-Daza tupa-un tu talmainduu qai, ni-i qau kuntapisan ang saak tu munnustu ti tu.Munkaku haan Tavila kuntapisan a paqenanan ik bunun tu : "Ai~ Takisdaza tu bunun kuntatapisan." Na pika-uq!

我年輕的時候就一直住在山上那裡，移住山下的時候，我還穿著遮羞褲呢。在太平念書的時候還被人笑說：「他穿著遮羞褲，應該是住在山上的人沒錯。」我能說什麼呢！

一九三四至一九三六年間，拉庫拉庫溪流域的布農族被集團移住至花東縱谷旁的山麓地帶，移往今天花蓮縣的卓溪、卓樂、古風、清水、崙天、石壁和秀巒等地。來到山下的族人，如何適應低海拔的氣溫，以及被迫學習農耕技術的複雜心情。被日本人強制或勸誘離開家園的布農人是如何背著家當走過這裡，不也是沿著這次所走的八通關越嶺古道。

看著頌德碑，它歌頌的主體，應該不是居住在此地的我們，而是日本人的政權。

1. 林一宏，《八二粁一四五米：八通關越道路東段史話》。南投：玉管處。
2. 臺灣日日新報社，〈八通關道路愈々開鑿に著手〉《臺灣日日新報》，一九一九年四月三十日二版。
3. 臺灣日日新報社，〈編搜索隊〉《臺灣日日新報》(漢文版)，一九一九年五月八日三版。
4. 臺灣日日新報社，〈開始道路測量〉《臺灣日日新報》(漢文版)，一九一九年六月六日六版。
5. 臺灣日日新報社，〈八通關道路著手花蓮港廳の行動開始〉《臺灣日日新報》，一九一九年六月十二日二版。
6. 臺灣日日新報社，〈八通關道路工事花蓮港方面の狀況〉《臺灣日日新報》，一九一九年七月八日七版。
7. 臺灣日日新報社，〈八通關道路作業夜は焚火で暖を取る〉《臺灣日日新報》，一九一九年七月八日七版。
8. 臺灣日日新報社，〈南投橫斷道路〉《臺灣日日新報》，一九一九年九月二十七日七版。
9. 原文蕃人。
10. 原文平地蕃、高山蕃。
11. 吳雨霓〈卓樂老樹與抗日英雄紀念碑〉取自http://faculty.ndhu.edu.tw/~LCenews/e_paper/e_paper_c.php?SID=680
12. 一九三二年一月七日。〈玉里の表忠碑　五日除幕式舉行〉，《臺灣日日新報》。
13. 閻亞寧，《花蓮縣定古蹟玉里殘蹟修復與再利用計畫》，花蓮縣文化局，二〇一三。
14. 葉連鵬（二〇〇〇）〈淡水神社的石燈籠〉，《臺灣文獻別冊》九期，頁二五—二六。

會說話的碑文

這次返回祖居地，一路看著石碑，從八通關越嶺道開鑿記事碑，到自己村落的頌德碑。這些原是一塊一塊的石頭，它們不會講述歷史，但是這些石頭被挑選出來，日本人用天然石材、鋼筋水泥、木頭，用堆砌法、雕刻法。不會說話的石頭，寫上文字後的那一刻起，不再只是不會講話的石頭，它述說了不同的歷史意義，同時也述說一段布農族人被殖民的歷史。

山中的石碑，建造的時間都接近百年。百年是一個不算長、也不算短的日子。馬奎斯書寫的《百年孤寂》，充滿了權力的孤寂、智慧的孤寂、善良的孤寂、戰爭的孤寂、愛的孤寂。山中人事已非，所有的一切好像就此終結，只留下百年的石碑，殖民政權的歷史觀，茫然地讓人感受到強烈的孤寂、強烈的悲情。碑文雖然是主流社會所主導，但

昭和七年（一九三二）竹筒汲水之布農婦女。

紀念碑歷史的價值在於傳承經驗與記取教訓，透過石碑了解不同於族人觀點的歷史，時間總會沖淡歷史恩怨，但卻不能遺忘。

對於一個沒有刻石碑文化的布農族人來看，如果對自己的族群歷史，沒有充分的了解的話，很容易跟著碑文理解自己的歷史。

石碑告訴了我們這麼多事也隱藏了很多事。當刻上頌德碑時，布農族人已遠離了家園；當刻上表忠碑、殉職之碑，有許多布農族人已經家破人亡了。我們只能把石碑後面被隱藏的故事再次找回來。石碑雖然隱藏了很多事，它卻告訴我們建碑那個時間點

日本人認為投降儀式或布農族人認為的合解儀式，不同認知下，拉庫拉庫溪流域的布農族領域，還是在日本軍警強大武力，逐漸成為日本的土地 。圖為崙天izukan。黃泰山家族提供

所發生的事情，透過了解過去的歷史，知道自己現在在時間軸上的定位，我們知道自己的定位在哪，才能從這個定位再走向未來。

回到部落，想想這是一趟豐富的行程。走在部落的街角，來到高雙雙祖父的家中，分享這次長達百年的行程。

第三篇

淚之路

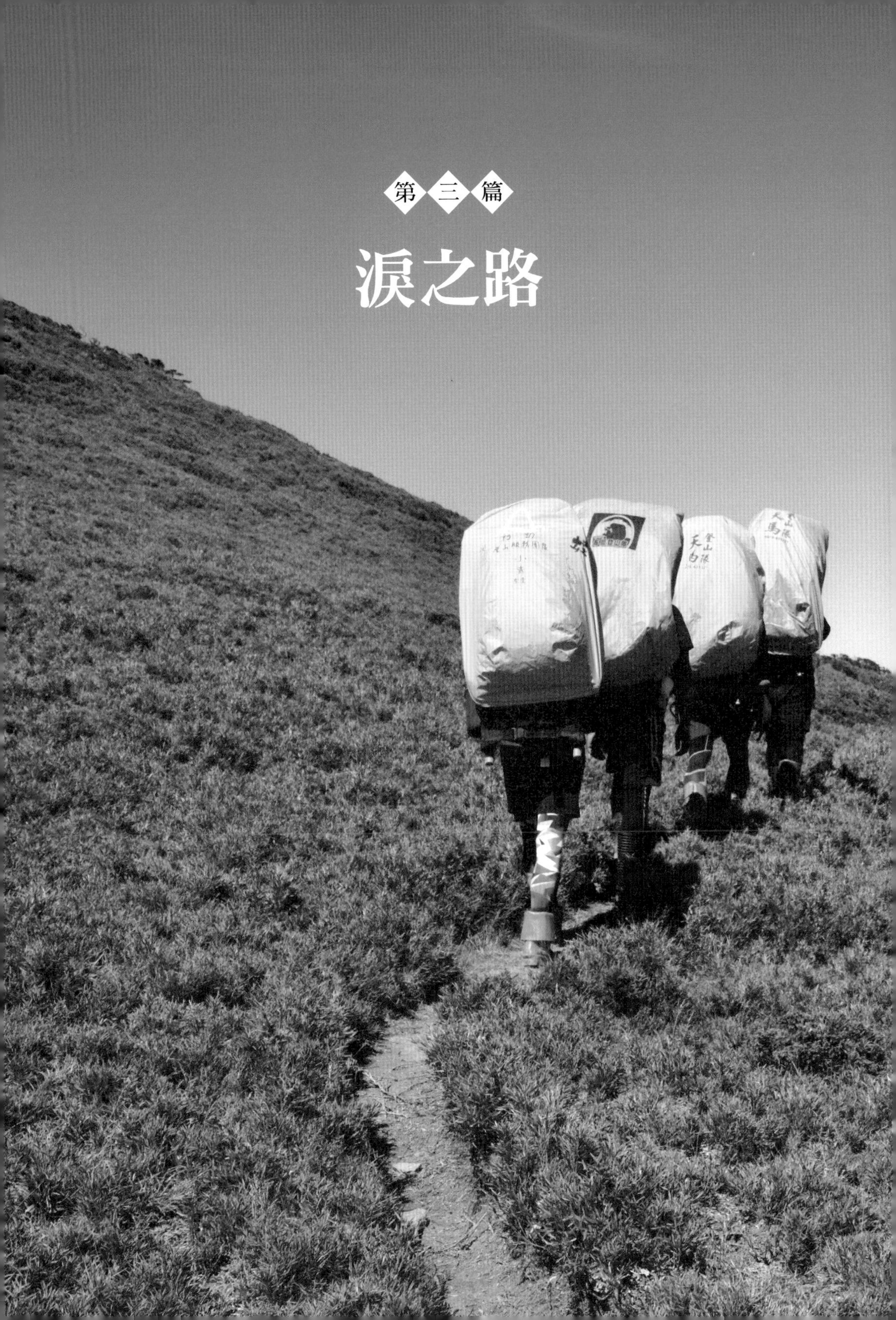

淚之路

一八三〇年，美國總統傑克森簽署「印地安人排除法案」（Indian Removal Act），要求印地安人放棄土地；儘管最高法院判決喬治亞州無權占領卻洛奇族（Cherokee）土地，白人政府仍動用軍隊強迫一萬六千名族人往西遷移，超過四千人在途中喪命。（中時電子報，二〇一六年四月二十三日）

Banitul看著石板屋，心中想著要不要遷離佳心到山下。但是這棟房子花了好幾代族人，一片一片的把石板屋堆疊建造出來，要搬離還是有一些捨不得。當初，家族族人先收集附近的石頭，建造容納了四十多位族人的空間，包含Banitul的祖父、叔叔都同住在這棟房子。這棟石板屋的建造過程，讓Banitul在父兄們的帶領之下，學習到蓋房子的知識。當其他族人也要蓋石板屋時，他也會跟族人們一樣進行換工，幫忙其他族人蓋房子。這樣互惠互助的方式，讓Banitul和其他布農族男人擁有蓋房子的技能。蓋房子的知識，就在這拉庫拉庫溪流域代代傳承。

Banitul原本期望他的孩子們，長久的住在長輩們所蓋的房子，也希望自己離開人世後，能夠葬在這棟石板屋底下，用自己的靈（qanitu）照顧後輩子孫。但是於一九一五年的時候，與佳心有親屬關係（katuszang）的喀西帕南社的族人，和駐在所的警察發生了戰役，也就是喀西帕南戰役，這場戰役引發了一星期後的大分戰役。這幾場戰役，連帶影響居住在佳心的族人，日本人對布農族人的控制，越來越強。Banitul看著世事的變化，心中產生了憂慮。

大正八年（一九一九年）日本人帶著平埔族群和阿美族人的隘勇，進入拉庫拉庫溪流域修築的八通關警備道。完工後，沿線設立駐在所，並把砲臺推進山中，慢慢的將現代國家的優勢武力帶入此地。日本警察在佳心新設立的駐在所位在家屋旁的上方。自從日本人在家屋上方蓋了駐在所十年後，駐在所的警察開始勸Banitul，趕快把全家族搬遷至山下。日本人在山下，選了一塊土地，讓隘勇搭建房子（lumaq）、蓋學校（kaku）、水田（vunu）設施，就是要把布農族搬遷至山下，對日本人來說，可以比較好控制布農

前排坐著，左三為Banitul Qaisini，站在他背後是他的小兒子，主要口述者張國興（Qaisul Istasapl）。坐著左二為Bnitul的老婆Valis Bikinuaz。中間左四為Banitul的大兒子Biung Istasipalv，張緯忠的曾祖父。張緯忠提供

族人。但對布農族人來說，就要放棄熟悉的生活空間。

Banitul原以為可以繼續住在長輩們共同建造的石板屋，但是日本人時常來部落，軟硬兼施的勸導加威脅，請族人往山下搬遷，日本人說了很多遷到山下的好處。但Banitul聽到幾年前搬到鹿鳴的幾個家族說，山下雖然有蓋好的房子，但是容易得到瘧疾。這些話，使他遲遲抱著觀望的態度。

讓Banitul決定遵照日本人的指示，是家族中最年長的長輩走掉（mudaan），意指去世的意思。年幼的兒孫們，似乎也要繼續接受教育。接受日本的搬遷計畫，似乎是目前最好的安排。

Banitul家族按照族人傳統的medepus安葬長輩，存放是布農族人對埋葬的暗喻。屋內葬方式，把最年長的長輩埋在家屋客廳的最前面。並且把墓地石板立起，讓原本平整的客廳，突出四塊平方的立石，宣告這個家，成為祖先的靈，永遠居住的家屋。

Banitul家族把祖先們的靈，安頓好後，帶著後輩，往山下遷移。

Banitul想要和家族同埋在家屋的念頭，阻擋不了日本政權推動的集團移住政策，臺灣總督於一九三一年發布新的「理蕃政策大綱」，將集團移住列為施政重點。整個家族、部落只能背起石板，往山下搬，離開布農族原有的生活空間。

Banitul的故事，是從Istasipal家族的後裔張緯忠的曾叔公——張國興（Qaisul Istasipal），這位阿公（qudas）小時候還住過佳心的石板屋，當時離開佳心時，他曾在佳心的學校念到小學一年級，二年級的時候，張國興就跟著Banitul這一群父執輩（mantama）一同遷移。

二次大戰之後，國民政府接手臺灣。他們承襲日本政府的原住民土地政策，拉庫拉庫溪流域收歸林務局，一九八五年畫為玉山國家公園的範圍，因此，原居於拉庫拉庫溪流域的布農族人，仍然沒有機會回到祖居地。只有獵人和一些在林班地工作及在國家公園擔任巡山員的族人能夠回去看看。

於是，原本的生活領域變成所謂的「傳統領域」。在持續被隔絕於祖居地之外的情況下，過往山上的生活經驗，只能用口說傳給下一代。隨著時間的更迭，祖先的傳統經驗逐漸流失；而Banitul家族所建立起來的石板屋，在無人看顧之下，逐漸頹傾，埋沒於荒煙蔓草之中。

尋找Banitul的家園

張緯忠想要循著曾叔公遷移的步伐，走回Banitul的家園。他從父親的記憶開始找起，張緯忠的爸爸——張忠義開始述說自己的家族歷史：

> **我只知道我的曾祖母是大分，郡社（Bikinuaz）嫁出去的女兒，嫁給我的曾祖父Banitul Qaisin。（張忠義）**

按照張忠義的說法，他要稱呼Banitul為曾祖父。如果以我所認識的同輩張緯忠為中心，他要叫Banitul為高祖父。從他們的口述中，日本人將布農族人迫離家園，已經經歷了整整五代。

張忠義大哥。

張緯忠目前任職於國家公園的巡山員，我們常跟一位已去世的林淵源大哥一起進入拉庫拉庫溪流域的山區。有時候會跟著學術團隊入山，像是中原大學的登山社，跟著他們調查不少棟的石板屋，團隊的協同主持人林一宏將調查記錄寫成《拉庫拉庫溪流域布農族居住文化變遷之研究》。當時的研究指出拉庫拉庫溪流域百年前曾有大分、馬西桑、太魯那斯等十二個社，一九三四年至一九三六年間，布農族人被迫遷移至中央山脈接近花東縱谷處，造成舊社群落逐漸荒蕪，隱沒在山林樹海間，而佳心舊社的族人，大部分遷居卓溪鄉卓清村。

在鹿鳴，算是搬下，但佳心還是有一些人。媽媽已經在清水讀書了。鹿鳴的房子，已經不知道是不是石板屋了。叔公（指張國興）應該有住過鹿鳴。這個卓樂的家是他們一搬下來，主家，就住在這裡。之後再分家。

（張忠義）

每次走到家屋，我們都會先整理三石灶，林淵源大哥（舉手者）都會為我們講解每個家屋的故事。
林祐竹拍攝

在日本時代集團移住的政策下，遷移到卓清村的張家，沒有直接從佳心遷到現在的卓溪鄉卓清村，先在鹿鳴短暫停留。張緯忠一直想要尋回居住在佳心的這一段歷史，想要帶家族去佳心尋根，所以就問林淵源大哥：「可以幫我們家族找房子嗎？」長年在拉庫拉庫溪工作的林大哥，答應了他的請求。那年是二〇一四年，剛好中研院史語所想要調查佳心石板屋的狀況。於是我跟中研院和緯忠有了第一次進入佳心的經驗。根據張緯忠曾叔公的口述，他小時候居住過的地方，是位在佳心駐在所底下，附近有一座大石頭。我們就以大石頭為線索，找到了Istasipal家族的石板屋。

佳心這個部落名有很多意思，目前位在佳心駐在所遺址的解說牌是這樣寫：「佳心是布農族語Kashin，意指展望良好。」我問過張忠義大哥，為什麼這個地方叫佳心。他說他的曾祖父Banitul，是一個佳心很有名望的族人，很喜歡交朋友。因為佳心這個地方，是族人去璞石閣交易、辦事情時，來回瓦拉米和璞石閣剛好是中午的時間。Banitul就會問他們要不要到家裡吃個飯（qaisin），所以他的名聲越來越大，族人都叫他為Banitul qaisin，原本是說Banitul是一個好客的人，慢慢的轉變成Banitul是佳心一個重要的人物。現在，人們已經習慣叫這個地方為「佳心」。

兩年後的二〇一六年，林淵源走到天上的家（Mai-asang），緯忠也因為工作的關

我們跟著林淵源用佩刀砍出痕跡。

係，帶家族回到佳心尋根的夢想，遲遲無法成行。剛好花蓮縣文化局陳孟莉需要尋找拉庫拉庫溪布農族石板屋舊址，我們有了再次回到Banitul的家的機會。當時，原以為跟著林淵源[1]生前在二〇一四年帶過的路線，憑著記憶，應該很快找到曾經走過的路。兩年前，我們往佳心駐在所下方，沿著稜線走二十幾分鐘，就到達目的地。但現在我們整整找了快一個小時，還沒有走到目的地。出發前也找過緯忠的曾叔公，請他述說他曾經居住過的石板屋所在的位置，他說：

Daan haul daiza, tanbav dan. Maihuan vanglaz tun
au.tasban hatal a, tupaun tu luluqu,sia tanapim,
isngkaunan, **搬到卓溪**. Abulan han daiza, istasipal
amin. **路的下面**, inam amin munqumaun ti, kasin ti
qai munqumaun, onam tu lumaq dau

家屋原來的樣貌。

在路的下面，跟河很近。還有接近橋的地方。過河了Luluqu，一個地方有tanapima，isingkaunan，他們大部分都遷移到卓溪。就是abulan。路的下面，是我們的耕地，都是我們張家的Istasipa的家。（張國興）

耆老口中所說的「路」是指八通關越嶺道路，而「橋」就是阿桑來戛橋，過了河，意思是說越過拉庫拉庫溪就是阿布郎。耆老所說的Luluqu就是佳心對面的部落。而他曾經居住的部落就是路的下方，古道下面。

現在，沒有林淵源帶路的情況下，走了半個小時後，還找不到大哥所指的房子。我們只找到一個小遺址，因為沒有三石灶，判斷這是一個小工寮。我跟著緯忠，決定在這個地方做祭拜的儀式，希望祖靈可以讓我們找到Istasipal家的石板屋。

拿出了今天的食物，還有一瓶米酒，請緯忠跟祖靈講話。

拿出了今天的食物，還有一瓶米酒，請緯忠跟祖靈講話。我也跟著拿起酒杯向林淵源默禱說：「請你把我們帶進你曾經帶過我們的那條路上。」

在工寮吃完飯，我們不再往下走，決定沿著山腰走。過了一條溪谷，開始看到兩年前砍在樹上的刻痕，再往前走一段，就找到了緯忠曾祖父所指出的那一棟房子。

抵達石板屋後，我們再次從背包裡拿出酒與祭物，誠心的向祖先說明來意後，並好好的把家屋整理一番。歷經風霜的Istasipal家屋，百年來，見證了拉庫拉庫溪流域多次的歷史變遷。雖然人離開了祖居地，樹幹搭建的樑柱早已腐壞殆盡，但是以祖先（mailantangus）智慧堆疊而成的駁坎牆仍屹立不搖；地面上的三石灶，仍然挺立，似乎在說明正等待後輩族人，點燃這薪傳的火。

根據《高砂族系統所屬研究》記載，Istasipal氏族在很早的時代，就試著東遷，從臺灣西部Pisitevoan社出發，經由附近的舊社址Hunan，才東遷到Apulan社的位置。[2] Apulan就是林淵源的祖居地，他們這一批Istasipal就是從阿布郎沿著拉庫拉庫溪北岸，遷移到現在的卓溪村中正部落。而張家這一家Istasipal則跨過拉庫拉庫溪到南岸的佳心。

《布農族：部落起源及部落遷徙史》書中提到，一九三三至一九三四年間拉庫拉庫溪流域中上游部落，因為集團移住政策被遷徙到今日卓溪鄉，使得之前在拉庫拉庫溪上游的郡社群與中下游的巒社群混居在今日的部落。根據其調查，Istasipal家族也散居在卓溪鄉不同的部落，例如在太平村、古風村、卓清村、卓溪村。

在國民政府時期，因為混亂的中文命名制度，使得Istasipal氏族在不同的村落有不同的中文姓氏，例如在古風村有些族人姓黃、游、賴、呂、張；在卓清村則有族人姓鄭、李、湯、張、魏、簡；在卓溪村姓林；在太平村有族人姓余。不了解布農族產生出來的政策，造成現今的部落，同是Istasipal家族卻有不同的姓。這次修復家屋的工作，也是希望讓不同的Istasipal家族，重新認識自己的家族歷史。[3]

來到張緯忠家族這一棟家屋，不像典型的家屋，通常布農家屋大部分是屬半穴居式，地稍往下挖，這一棟則沒有向下挖。疊石作護坡及側牆，有很好的遮蔽效果。如今家屋只剩疊石的牆，牆面覆生苔蘚，還有樹木從屋內長出來，屋頂和屋內的木造結構早

已不見蹤影。

二〇一四年是林淵源生前巡山員生涯中，最後一次跟學術團隊史語所團隊合作，帶著Istasipal的家族，回到這一棟家屋。二〇一六年，我們還是靠著林淵源的引導，找出他生前走的這條路，砍下的樹痕記號，走進Istasipal的家屋。

回到山下，花蓮縣文化局透過一連串的行政程序，來到卓溪鄉開了多次的部落會議。其中有一位部落領袖，提出他對這件事情的想法。這個lavian叫林傳興（qaisul），他也是屬於Istasipal家族，他的爸爸和家族曾經跟日本人打過仗。為了躲避日本警察的追捕，於是往新康山的方向，等待事件的落幕。原本要往高雄居住，但是日本人忙於修建駐在所、道路，戰爭也趨於平緩。他們這個家族就先回到抱崖駐在所附近居住，之後沿著土多衰駐在所，經過瓦拉米、佳心等部落，慢慢的往山下遷移。林傳興從父親的口中聽到山中的故事，他特別在部落會議中，說出對修復石板屋的看法。

tupatu maqa si kalumaq masial a na pikoq matasi, luqus na intun pikaung sia ma itu sia mailangtangus tupaun sia sintasi hia, pau maqis pinkaung qai na mahau mi-ta nas-qudas, tupaun maq mita nas-qudas imita sia tupauntu qanitu sia isia ita, paqpung masial i na pikoq aipa, paqpun asa tu patumantu pabazbaz tu, tuza tu maq aipa a, maki iskilun kalumaq ita,

重新建房子是很好但要如何做，如果我們不小心破壞了老人家所建立的房子。如果破壞了，我們的祖先會生氣，因為我們祖父的靈都在裡面，所以我們要慎重的去思考，我們要慎重的討論如果真的要如此，我們要思考重建房子時。

（卓樂林傳興）

這位耆老的話語中，期待著拉庫拉庫溪的第一棟石板屋能建造完工，但又擔心工作團隊會觸犯石板屋內的靈。為了讓工程順利，必須要有家族帶領整個工程的進行。

所以在臺東大學南島文化中心、玉山國家公園、林務局等多方行政部門的協調下，並且經由多次田野訪談、與族人和鄉公所座談與充分討論後，考量Istasipal家後裔族人（張家）能明確指認Istasipal遺址家屋，張緯忠的曾叔公亦曾居住過佳心舊社且尚健在，可以藉由田野訪談與文獻照片說明指認等方法，提供對於未來遺址家屋修復的方向跟細節的協助，加上修復Istasipal家屋遺址，在取得Istasipal家族後裔之同意，以及其他族人的支持與共識下，第一年修復就以Istasipal遺址家屋，及其耕地、步道、水源地為主。透過

istasipal家族帶領整個工程。

選定家屋後，問題才開始慢慢的呈現。修建的家屋內，只剩三面牆，內部長了一塊大樹。家屋旁長了四棵大樹，遮住整棟的視野，也防礙工程的進行。這些家屋附近的樹木，都是林務局所管，不能任意砍伐。透過層層的公文往返，使得開工日期一直往後延。為了依法行政，林務局讓承辦的單位用較低的價錢購買，解決了家屋大樹的問題。

我們也發現到現今的法律下原住民傳統建築很難合法，玉山國家公園只能先幫我們申請一年的臨時工寮。在開會的過程中，也了解到現行法規完全只考慮到現代建築，傳統建築很難取得建照，要拿到建照必須由建築師畫設計圖、提出申請，且建物需有耐震的鋼骨結構，以木、竹、石為建材的傳統建築很難符合規定。層層的協調中，最後請了設計師循著建築法規，一步一步的完成合法的程序。

處理完一層又一層的問題後，我們一步一步的進入拉庫拉庫溪內的佳心舊聚落群，循著耆老的話語前進。

1. 本篇文章在書寫的時候，林淵源大哥已走向Mai-asang，布農族人對已經去世的族人，族名前面會加nas。
2. 移川子之藏，楊南郡譯，二〇一一年，《臺灣原住民族系統所屬之研究》。臺北：行政院原住民族委員會。頁一八七。
3. 海樹兒．犮剌拉菲，二〇〇六年，《布農族——部落起源及部落遷移史》。臺北：行政院原住民族委員會／南投：國史館臺灣文獻。

撿拾祖先的石板痕跡

為了讓家屋的重建、修復得更為完整，必須把佳心這一帶的家屋，做有系統的調查，作為家屋修復的參考依據。因此，花蓮縣文化局委託中研院史語所（下文簡稱中研院）團隊進行「拉庫拉庫溪流域布農族佳心舊社調查研究暨ＧＩＳ故事地圖建置計畫」，筆者偕同進行拉庫拉庫溪流域下游的佳心舊社區域系統性調查，以徒步方式、地毯式搜索廣達百公頃的佳心舊社區域。由於時間久遠仍存留家屋記憶的耆老不多，僅能搭配考古學調查，找回百年前布農族人的山居生活地景及生存智慧。

中研院史語所的負責人鄭玠甫在某次部落會議中提到，他為了佳心這個調查引進了區域系統調查、空載光達技術，在國內考古學研究中，都是相當新穎、且具突破性的作法，計畫成果推進了考古科學對於舊社研究的進程。

鄭玠甫給我看一張空拍圖，這張空拍圖拍出佳心目前山林崩塌之處的分布，而舊部落、遺址的位置，剛好都遠離這些崩塌之處，看到這張圖讓我想起，往佳心的路上，張忠義大哥對我說：「布農族在選房子的位置，會選在山豬生小豬的地方，比較不會選到會土石流的地方。」空拍圖清晰呈現百年前佳心舊社的聚落空間分布及土地利用智慧。

我們從文獻來畫出我這次的調查範圍，文獻上較少提到佳心，根據《日治五萬分之一蕃地地形圖》（一九〇七），佳心被標註為「ハピ」（Hahavi），稱為哈比社，該社位於佳心社東南方，山風駐在所附近。佳心社「カシン」則是位於佳心駐在所遺址至黃麻溪岔路一帶，沿八通關越嶺道兩側、標高介於六百五十至九百三十公尺之間山腹均零星散布著建築群。同時亦有越嶺道支線由佳心駐在所附近斜下拉庫拉庫溪主流，憑鐵線橋渡溪，有小徑聯繫北岸的阿桑來戛駐在所[1]。

幾年前，林淵源常帶著我前往舊居地，林大哥因為對拉庫拉庫溪兩岸的地形、路線、水源均十分熟稔，憑藉著驚人的記憶力，用自己對山林的知識，很快就把家屋找出來。我已經沒有像林淵源的智慧，帶領學術團隊進入出林，尋找隱藏在樹林的家屋。只能跟著中研院的團隊們一起進行地毯式的搜索，在地圖上畫格線，每人負責一條路線，

陪同中研院史語所，進行佳心舊社區域系統性調查，以徒步方式、地毯式搜索廣達百公頃的佳心舊社區域。開工前的小型會議。

經過了巨石堆、溪溝、板岩的礦場區，穿越蕨類海及黃藤海。經過無數的楓香（dala），樹幹可以用來做房子的橫樑，紅楠（danqastuqnu），樹幹可製成家屋的柱子、烏心石（inus），也是家屋柱子的好材料，邊找家屋遺址，邊學習祖先蓋房子的材料。在雜草叢生的原始闊葉林行走，就是希望能夠找到疊石的結構，撿拾祖先殘存的生活痕跡，成為修復家屋的依據。

布農族的傳統部落，以家族為居住單位且散居。所以在這片山區各處都有零星的家屋群，小則一兩棟，大則四、五棟，沿著山坡一層一層的擴張，如同家族的延續一般。

我們找到的石板屋，屋內早已樹、蕨雜生。為了能看清楚石板屋的面貌，做了一些簡單的遺址整理，拔除遺址的草木，漫生的蕨類跟表土清開之後，原以為只剩下牆面的家屋，家屋內部的三石灶因而重見天日，連石板結構的灶槽與地板都浮出土面了，也處理出一些小器物，像是清朝交易來鐵鍋的碎片與撿到一瓶日治時期「SAKURA BEER」老玻璃酒瓶，還模

測量標竿。

鑄「登錄商標」及櫻花的字（圖）樣，文字書寫方式是由右自左的，呈現出歷史的痕跡。

我們發現佳心部落的建築物與其他地點相比較，其室內面積較小，且因戰後林務局在此地造林之故，當時的工人，大部分都是外地人，對這裡沒有什麼在地情感，所以可以看到，有很多樹就種在家屋內，所以樹根就任其在家屋內生長，在這樣的情況下，這裡的家屋坍塌毀損情形也較嚴重。也看到有多處建築物遺構簇集，遍布於支稜上。此地不明建築遺構多且各建築尺度小而簇集，幾乎已達集村之標準。

這片山區，除了家屋之外，還有祖先在這裡辛勤建造的耕地（quma），幾乎遍地都看得到。但有的石坎，在時間的沖刷下，早已崩壞，看起來就像是散落一地的石頭罷了，我們必須一一查看，用心觀察，哪些是人造的建築。有的隱身在叢林中，我和鄭玠甫他們必須砍草才能讓消失的耕地重現。有時候轉個彎，就可以看到保存完好的梯田，散落在整個山坡，梯田豎立在

測繪，族人與中研院史語所考古團隊，進行清理地表植被及測繪的工作。

大樹底下。耕地遺跡雖然被濃密的森林包覆，但是我們一走近才發現它是如此的開闊，這裡的樹冠層很高，耕地遺跡已被樹叢籠罩。

如果把時光轉到過去，布農族人在這裡的生活情景，這塊耕地上的農作物，需要陽光，這裡的樹木應該有一些砍掉，讓這塊土地透光，以利農作生長。山林裡的生活光景，應該跟我們現在所看到的是不一樣的，我邊走邊想像著祖先的山中歲月。

其中一次的遺址整理，我發現手好像扭傷了。休息的過程中，提起這件事，緯忠說他的手也扭到。我們才驚覺是不是打擾到這個空間的靈（qanitu）。後來找了Sauli大哥，重新做了更慎重的餵靈（mapakuan）。大哥說這裡以前是祭祀小屋（patpatvis），裡面放的是獵物獸骨。旁邊還有較小的遺址的結構，應該是黑熊的獸骨，以前的布農族人對黑熊有狩獵的禁忌，一般而言是不獵黑熊的，除非被攻擊或誤獵，所以黑熊的獸骨是被獨立出來。不遠處還有廣場，每年舉行射耳祭的時候便會升起

清理後的三石灶。大哥說以前三石灶的火是不能熄滅。同用一個灶，是tastu bangi，同用一個灰燼，是tastu qabu，都是起源一個家的意思，於太魯那斯合照。劉曼儀拍攝

狼煙，讓周遭的族人知道這個家族正在進行祭典。團隊慢慢的了解到在山上工作，除了人際的互動外，面對靈的方式也是很重要的課題。

研究團隊經過一年調查，分別以GPS標定位置，輔以影像、文字記錄布農族先人建立的石砌遺構，共記錄八十一處家屋及工寮遺構、十九處工作平臺及六百五十八筆耕地遺構叢集等，證明這片山林遺跡過去確為布農族人的生活場域。

最重要的考古工作，是在張緯忠的祖居地做測繪。團隊以Istasipal家屋來稱呼這個石板屋。團隊用考古方式，找出Istasipal家屋的內部構造。家屋底下仍有石板墓，所以不能往家屋底下挖，只能做一些簡單的清理地表植被，腐植土，測繪遺跡結構。透過考古的清理地表植被，可以找到屋內遺址的柱洞。

「柱洞」指的是在遺址中所發現的一種因建築屋舍所留下來的支柱的遺跡。以前的石板屋內大部分都是以樹木來當柱子，但因植物性材料易腐，因此，在遺址中通常僅發現「柱

洞」的遺留，而較少見實體的樑柱。而柱洞的辨識常藉由土色、土質來判斷。

由於柱洞是用來安插房屋支柱的坑洞，在房屋頹傾或被廢棄之後，木質支柱常會就地腐爛，造成其中的土色較深、土質較疏鬆。我們用小小的鏟子，慢慢的找出土色較深的柱洞，這樣就可以判斷蓋石板屋時，要用幾根柱子。

位在屋內門後，裡面有一片很大的石板，它的四方用石頭圍了起來。張緯忠的爸爸說，這是以前當家屋葬滿了很多族人後，搬離家屋前，要把墓地立起石頭，跟其他族人說這個石板地底下，埋了重要的祖先，這個位置就叫 patsaipan。想起了Banitu Qasin 的故事，當他要離開石板屋時，是不是也立起了石板，送走最後一位長輩，並把他葬在家屋底下的墓地，圈起來。這個石板立起來後，是要跟其他家族說，這個家屋有祖先埋在地底下，要帶著虔誠的心進入家屋。

我跟著考古團隊學習應用當代科技的技術，將系統化的調查方法帶進山林，我們也把對祖先虔誠的心、禁忌重新帶回祖居地。透過考古的方式，一步一步的把房子的草圖，畫在紙上。

石板屋的修復，也有了開始。

1. 整理自黃俊銘、林一宏、顏亮平（一九九九：四六）；楊南郡（一九八九：七六）。

畫出石板屋的藍圖

另一個重要團隊是國立臺東大學南島文化中心，當初沒有一個單位想要承接這麼辛苦的案子，主要的原因是經費很難估算，再來是要與錯綜複雜的在地族人，達成蓋石板屋的共識，這需要強而有力的團隊做為協調。幸好在蔣斌老師帶領的臺東大學，願意承接這份工作。

為了能夠順利執行這份工作，必須要組成一個工班。於是在二〇一七年十一月，卓溪鄉開辦了「布農族傳統營建技術傳習工作坊」。從工作坊招募Istasipal家族和鄉內布農族人組成二十人工班，希望讓族人能夠有一些蓋房子或石板屋的基礎知識，而這些人都成為這棟石板屋工程的班底。

在學習的過程中遇到種種困難與質疑，在缺乏布農族的師資下，找了一位排灣族的

▲ 台東大學的計畫主持人，第一次帶蔣斌老師上山的情況。

▼ 凹形立石殘構。

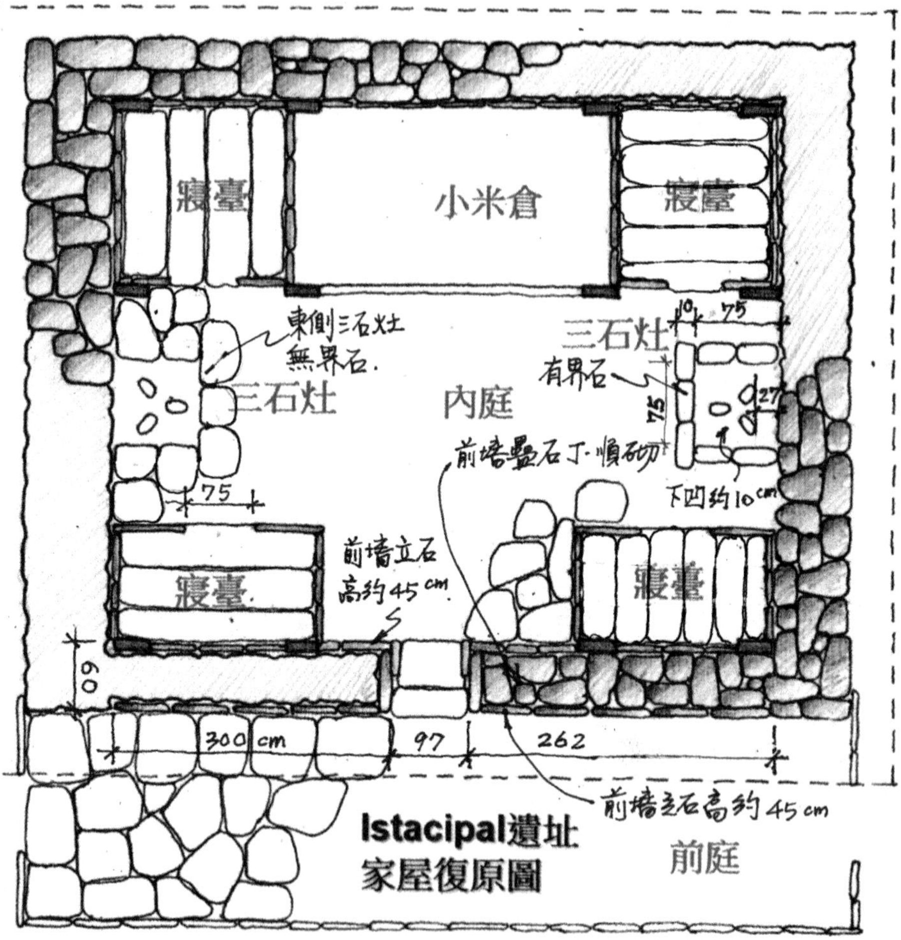

林宏益最初畫出的石板屋內部位置圖。

林宏益老師看著自己畫的建築藍圖，一步一步的搭建起來。

老師，會不會造成沒有布農特色的家屋、重建家屋為何是Istasipal家族、選址為何在佳心不選在現今部落，都透過公開的部落會議一一回答及解決，會議中曾提出嚴禁撿拾附近遺址家屋範圍內之石板，以及其牆體與耕地等既有疊石作為本棟與其耕地的修復材料。所以家屋的石板，只能特地從布農族地源地南投縣地利村買石板，預算透支也要遵守部落的禁忌。

選址確定後，最困難的是，要蓋出什麼樣的石板屋，怎麼樣才是傳統的家屋。我們實地到現場，記錄遺構現有的狀況。根據澤潤規畫設計顧問公司主持人林宏益大哥的現場測量，Istasipal家屋位於北向山坡，面朝溪谷方向，為四面疊石牆形式之石板屋，遺構室內空間規模面寬六・五二公尺，進深約五・二六公尺，室內空間規模約三十四・三平方公尺。遺構之室內空間組成為入口段之左右寢臺（sapalan）、中間段

有立起的石板，又位在牆角，需要大人的保護，表示這裡是夭折的小孩所葬之地。

為左右各一處三石灶與中央內庭（居間〔bukzavan〕）、後段中央為小米倉（patilasan），左右是寢臺的空間組構。

比較特別的是在臨近右前牆及右背牆部存有凹形立石殘構，高約二十五公分，問了張忠義大哥，他說這個凹處是放木頭，就可以變成寢臺。我們可以從現址和張忠義大哥的說法，知道這寢臺高度約二十五公分，由凹形立石上架圓木做為木床板之輔助支撐。我們也在背牆前靠近左側牆處看見地下立石與頂蓋石板殘構，當天一起參與的大哥們都說這是室內葬位置，而且是夭折（itsuqis）的小孩所葬之地。

布農族相信，每個人身上都有靈，而小孩的靈非常的弱，所以要放在石屋內最裡面的角落，才能保護到這個不幸夭折的小孩。面對這些布農族的信仰，考慮在不觸犯到屋內亡者的禁忌情況下，當立柱子時，如何不能往下

壁龕，牆上預留的凹陷空間，主要用作儲物或裝飾用途。

挖，還能顧慮到房子的安全性，都是未來在蓋石屋時要考慮的因素。

我們可以從實地調查，來查看現在的家屋狀況，但是家屋損壞很嚴重，尤其是樑柱都已經消失。如何把看不見的東西再次重現，這就要畫出遺構相關尺寸丈量與復原尺寸的設計圖，試圖在家屋遺址範圍內模擬內部空間關係，這個工作就由澤潤規畫設計顧問有限公司林宏益先生來設計。如何將族人想蓋出的房子轉化成可操作的建築工項，並設計出能夠符合當代建築規範又具有布農族文化特色的石板屋。

老師從現有的遺構Istasipal家屋復原平面、剖面的構法，比如說疊石要如何疊，柱子要放幾根，搭配中研院的柱洞調查，屋內立有十二根木板柱，柱位原配置為三開間形式，中間開間較寬。前段柱列間距寬度大於後段柱列。也配合文獻的調查，布農族的石板屋大多以片岩疊砌的四面牆體並未完全利用為承重牆，而是作為木架構之側撐輔助系統。了解這些資訊之後，才可以知道要有多少的材料。

這些知識，如果在Banitul的時代，建屋的知識代代相傳，是一次又一次跟著長輩習得而來。每個布農族的男人，可以用自己的經驗蓋房子，就能知道需要什麼木頭，樑柱位置放哪裡，木頭要多粗才能支撐屋頂的石板。現在我們只能用當代技術，畫出設計圖，畫出家屋的尺寸，包括家屋的平面、剖面尺寸。

從遺構畫出石板屋的空間組構，從現場計算出疊石殘牆遺構現況，量出三面殘牆剩多少高度，這樣可以知道工班要在這個附近撿拾多少的石頭，也可以推測石板屋的剖面尺寸，前庭地面至簷下淨高，內庭地面至前牆、中脊、背牆的柱高，地面至屋脊高。這

三石灶。

些資料，都成為接下來實際蓋石板屋重要的依據，也讓石板屋修復，進入實作的機會。

在規畫藍圖的過程中，碰到一些困難的事，像是家屋遺址牆面樹根因深入至牆內，要如何根除；或是石板屋遺構記憶體有祖先地下墓穴，未來遺址場所的修復規畫與修復方式如何避免影響祖先墓穴，並遵從布農族人關於生活領域的種種禁忌與相關儀式，這都需要研究討論。

遇到人力、經費的不足，造成一些施工的改變，南島中心一直努力達到屋子傳統性，尤其建屋知識已斷層八十年情況下，要達到百分之百是很困難的，但這又是最容易被人質疑，所以有所變更時，都會記錄下來供未來有心重建石板屋的人作為參考。工作的記錄，是南島文化中心最重視的其中一件事。

在建石板屋前，各方團隊一直討論石板屋要多傳統，什麼是真正的布農族石板屋，但在傳統建築知識的斷層及實際建造，不用任何當代技術，是一件非常困難的事。

最重要的是在這建造過程中，參與建造的布農族人，了解到布農族人的傳統工法及布農想蓋房的集體意志的展現。除了喚起布農族人的山林智慧與身體記憶，也讓擁有當代的設計圖與建築知識的團隊，一起畫出石板屋的藍圖。

位在拉庫拉庫溪lizuk的家屋，祖先搭建的人字木。柚子拍攝

只能艱難的鋸樹，因家屋遺址牆面樹根深入至牆內。

背起一片片的石板

二〇一八年四月三十日，在花蓮縣文化局、卓溪鄉公所、玉山國家公園、林務局、臺東大學南島文化中心、中研院歷史語言研究所等單位代表，還有Istasipal家族與其他卓溪鄉布農族工班成員的見證下，家屋修復工程正式開工，拉庫拉庫溪流域歷史與地景的轉輪，再次轉動。這一年，Istasipal家屋開始經歷不亞於八十年前發生過的事。

為了修復位於佳心舊部落的Istasipal家屋，二〇一八年初時，工班大哥們在工地旁邊，用雨布與樹枝做成頗具規模的臨時工寮，包括營地、廚房、廁所跟工作區。原本以保育觀光的國家公園，開始有了布農族的人氣。接下來的日子，族人和公部門克服了許許多多的困難和挑戰，在極拮据的經費預算和非常緊湊的時間壓力下，不同的團隊一步一步的往前走。

最先要克服的就是距離，所有的材料，都必須在佳心和卓溪之間來回的穿越。因為載送不易，以及素材處理的難度高，木料、還有大量的石板，都必須在南安的工作室先處理，再用人力把材料背到四公里遠的佳心。

卓溪鄉的高山協作參與了這次修復的工作，他們要負責將這些木料和石板背上去。這個隊伍則是由林永成（Banga），擔任這次高山協作的班長。他是卓溪鄉上部落的族人，他也是林淵源的姪兒，小時候林永成就常常被他的舅舅林淵源帶到山上。所以在舅舅林淵源的帶領下，林永成國小、國中的時候，就已經走過拉庫拉庫溪南、北岸，日本越嶺古道、清朝古道。尤其在中原大學做拉庫拉庫溪流域的布農族家屋調查時，他跟隨著調查隊一起走進布農族的家屋。

這次高山協作們，總共要背完十噸的石板，十噸的木料。永成要顧十幾位高山協作的工作，當臺東大學的啟弘分配好每個高山

林永成。

協作的公斤數，他要確實知道這些高山協作，都能把材料背上去。五、六月又是農忙的季節，有的協作是兼職，所以林永成也要幫忙顧好已分配好的材料。

他也要做協調者的角色，作為高山協作和臺東大學啟弘助理溝通的橋樑，有任何問題都可以透過他傳達。就好像啟弘每天分配公斤數，但有的協作會要求背重一點，但有時會背不到工地，而放在路上，隔天又要重新背新的建材，這樣占了每天準時背的人的公斤數，他要說服高山協作們不要背太重。他也要看每個協作的精神狀態，有的人如果狀況不好，會請他明天再來。最重要的就是以身作則，很少看他宿醉工作，也不搶別人的工作，分配多少就背多少，這些都是他從他舅舅那邊所學來的工作態度。

四十公斤重的石板。

高堃山。

何忠龍。

金福隆。

魏文豪。

柱子也是要高山協作的力量，才能將柱子運送到山上。背負者為林本萬（Sali）。

啟弘在山下，在石板上用立可白寫下公斤數，也要把協助的名字寫在石板上。這樣才會清楚知道哪些石板已經搬上去，由哪一位協作搬上去的。啟弘是這個計畫的行政人員，藝術相關科系畢業，原本接下這份工作，以為只要負責核銷、行政業務的部分，人力吃緊下，接下了工班所有煩雜的事情。啟弘說，他小時候就常常被家裡的人帶去工地工作，因為家中常承包一些工程，所以很了解工地文化，也認識很多原住民的工人。

但是這個石板屋重建，還是跟山下工地不一樣。一般工地的工人，就是單純的建築工地。但這石板屋工班們，除了蓋石板屋外，還要種田、處理部落事務、參與祭典，有時他要掌握住每個人的行程，才不會影響設計師宏益老師的時間，深怕工地發生只有幾位工人出現的事情。

而這份工作是承接公部門的案子，所以有很多事情，都要多方部門都處理好之後，才可以進行下一個步驟。常常在公文來返之間，延後很多計畫。啟弘都要負責安撫工班疑難雜症，譬如山上缺少特殊的螺絲，他要跑遍關山、池上、玉里、瑞穗的五金行，真的使命必達。

有時還要上山查看是否有短缺的工具、物資。隔天再開著四輪傳動，在玉里買菜、肉、工具，再送到山風一號橋，請人送上去。因為經費有限，啟弘為了在有限的經費，對於每個人所做工時，應得工資，算得很精準。他要在臺東大學所承接和工班的薪資，都達到平衡。他真的下了很大的功夫，才能被這些工班的工人們說他是工班老闆。

忠義大哥說，啟弘是工班的保母。張忠義大哥有一半的血統是賽德克族的身分，剛好「啟弘」這個名字，跟賽德克的一個名字音很像，所以張忠義大哥都喊啟弘為Cihong。外表粗獷的他，有著溫暖細膩的心思。啟弘包辦了計畫第一線的所有事務，處理各項疑難雜症，白天身兼工地主任、會計、採買、運補，夜裡坐回電腦前打公文、貼憑證、寫報告。有時也要接應工班大哥、背工弟們訴苦的電話。

這個佳心石板屋重建計畫，讓年輕人重新走回山林的同時，也得到一份短暫但豐碩的工作。最重要的是讓年輕人參與文化重建的工作，認識自己祖先的智慧。

用立可白寫出高山協作的名字及石板的公斤數。

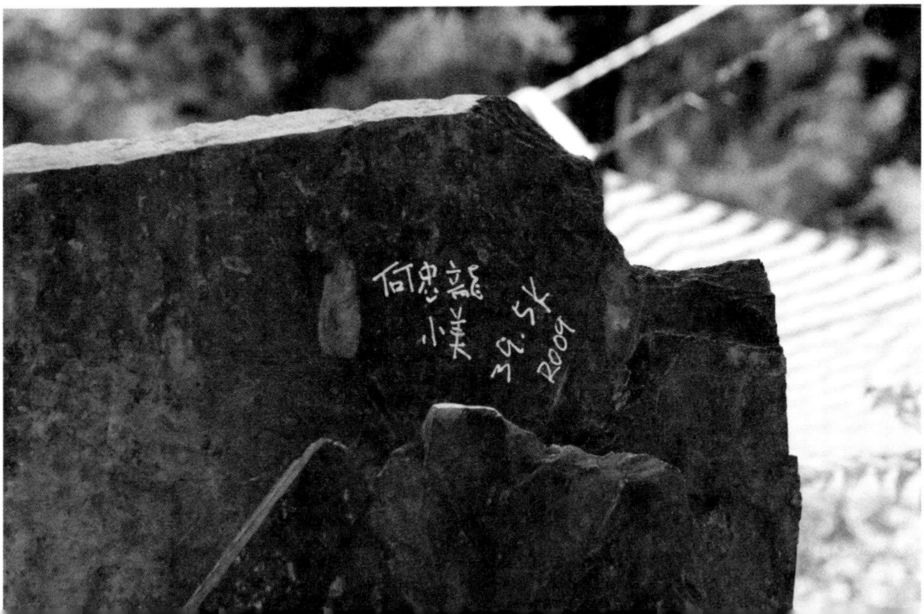

花蓮文化局局長與同仁前來參與開工典禮。啟宏拍攝

張緯忠與玉山國家公園南安管理站主任，與祖靈對話。啟宏拍攝

張忠義大哥帶領家族用酒與祖先對話。啟宏拍攝

修復石板屋

五月十五日，佳心Istasipal 家屋修復（kaqna lumaq）工作，現場正式動工，並先進行三面殘牆的清整與疊砌。那幾天的天氣很熱、石頭很重，工班大哥們默契十足的分工、互補，摸索著石牆的砌法。藉由身體的經驗，祖先的智慧一點一滴的重新綻放在族人們的心中。

剛開始工人疊石為了要讓牆面縫隙弄小一點，所以以順砌為主，還不太會習慣丁砌、順砌交錯，故保留家屋舊牆部分可以進行比較。故工人對照後已開始丁、順交砌，以達到交互咬合，互相咬（pa-amaama）、互相壓。背牆疊到二米二，（設計圖二米四）。並於背牆後放立石作為導流，並挖掘背牆排水溝，

在挖掘時可以看到先人在排水溝另一面有進行疊石。下午是室內水平工作，東西牆地基挖掘。（工作日誌一〇七年五月十七日星期四）

建造的過程中，跟隨著工班大哥們一起工作，聽到很多布農族在蓋房子時的禁忌，這些口述的故事，在蓋石板屋的工作實踐中，一一從大哥們的口中聽聞。這些禁忌，都跟布農人認知的物質與無形的靈有關。山是一個實踐的領域，回到山上工作，這些故事就會不斷的被憶起。

這幾天只要在屋內發掘到的小動物，都不能殺生，因過去信仰相信小動物是屋內老人家的化身。故今天挖到蟾蜍（Tama qudas），是家屋過去老人的形象。本日統計十三位工人，何忠龍昨天下山，今日負責背負食糧，林忠好、田志宏中午下山支援背工協作。（工作日誌一〇七年五月十八日星期五）

在這裡，把老人家的智慧重新活過來，是一個沒有過的計畫。但對這裡工班的布農族來說，蓋房子的技術已遺忘了，每一步都是新的嘗試。

較年輕的工人，開始疊石頭，希望能夠讓這些技藝傳承。所以中午後伍玉龍老師也不去實作，改以從旁觀察工人的疊石方式，給予指導。老人家不時說要時時的調整（pasitadun），才可以讓石頭疊在最好的位置。（一〇七年五月十九日星期六）

修復家屋工作不一定是回到當時真正的復原，而是重建過程的族人和學者專家的共識、資料取得的綜合評估。從文化資產這件事來看，在山上我們看到有很多布農族石板遺址，讓它原本保存下來，本來就是應該要做的事情。復原又是一件事，它要有更多的文獻、田野調查，呈現當時的面貌，這樣修復才能更有意義。

今天工作過程中，工班（忠義、榮安、包爺）才知道原來前牆沒有開窗，大家顯得有點失望，他們覺得前牆開窗比較通風、光線可以進去。我解釋說，曾叔公的記憶沒有開窗、日治時期布農家屋照片前牆很少開窗。（一〇七年五月

林宏益和伍玉龍在談論石板屋的下一個步驟。

二十二日星期二）

工班的族人們，有的曾在山下待過建築工地，有自己對石板屋的想像。執行團隊從文獻、田野調查、考古資料，說服族人盡量修復原有家屋的狀況，不同的團隊共同協商，解決修復房子產生出來的問題與爭議。

堆砌石牆的工作期間，二十幾個工人，在伍玉龍老師的帶領下，石頭一塊一塊的疊上去，工作的聲音，讓工地熱鬧非凡。休息時間，我都會抽空跟伍玉龍聊天，聊他從高山協作到玉山國家公園巡山員的過程，是什麼樣的機會轉變成臺灣有名的登山家，爬完七大洲高山的故事。最後開立了高山建築工程公司，專門接高山的步道維修、蓋山屋的工程。他與我

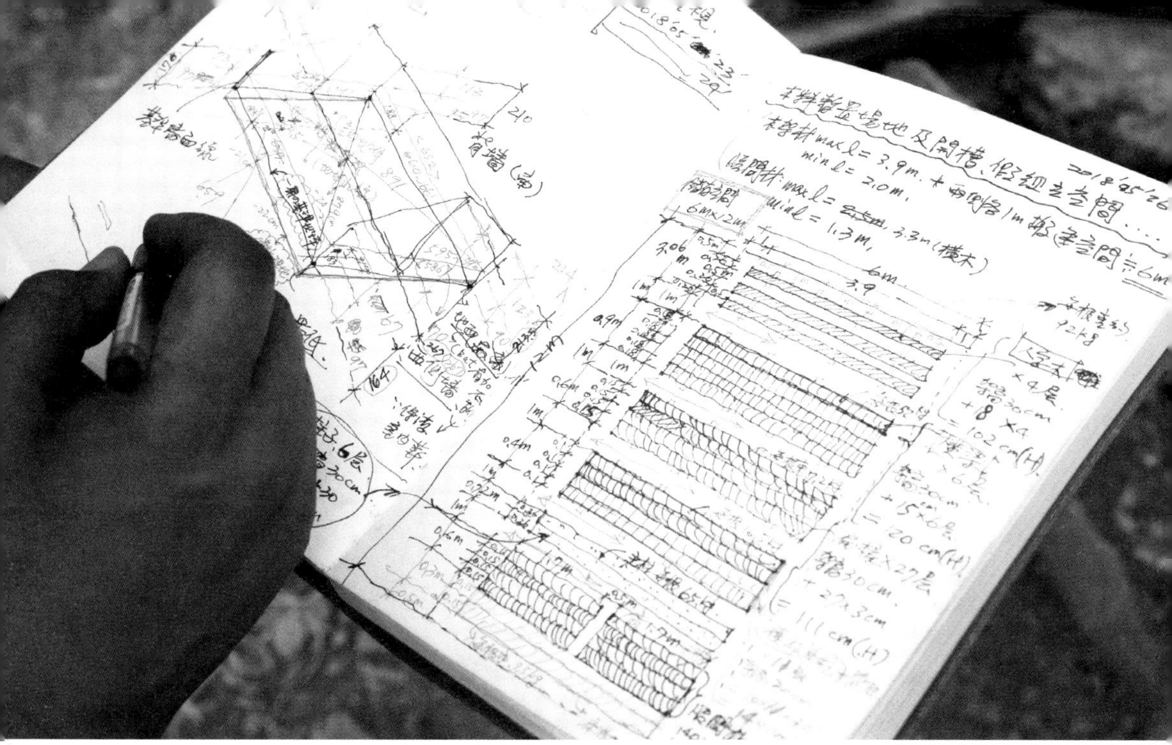

林宏益老師的石板屋手繪本。

分享他蓋石板屋突然想到的想法，他說蓋一棟山屋要花費的經費很大，光是直升機就是一大筆錢。如果政府利用我們現在蓋石板屋的方式，現有的石板、木頭，顧用當地的族人來工作，這樣不是省很多事情，又可以讓族人在傳統領域上工作。我心中也想著，走過的山屋都是採西方建築，缺少了在地的特色。伍玉龍大哥走過很多國家，也看過各式各樣的山屋。他說有很多國家的山屋，就是一個村落，當地人自己經營。拜訪的同時，就好像走進村落人的生活一般。我開始想像著這裡也可以這樣嗎？我們的族人可以回到這裡蓋回我們的石板屋，讓山友感受到我們的山林文化。坐在未完成的石板屋的工地前，我的想像力，已經越過了眼前的山頂。

傳統的石板屋修建，也是需要當代的工具——水平儀，達到水平的效果。

伍玉龍大哥在南投有成立自己的公司，也有自己的團隊工班，大部分也都是自己的族人。他說他對工安很要求，所以對自己的工班很嚴格，要求工班的族人應有工作態度，他一再的告誡進入工地，就要全神貫注，因為工地一個不注意就會帶來危險。他遠從南投來到佳心，擔任這次家屋修復工程的監工，也是因為這對布農族來說，是一個新的開始。來到工地，他不能用在南投帶工班比較嚴格的方式帶領。工班很多族人都比伍玉龍年長，而且來自不同的行業，有的對工地文化不熟，大家都是第一次合作。伍玉龍大哥用布農族傳統最常使用的帶領方式，就是以身作則。

早上、下午開工時間，伍玉龍大哥總是第一個到達石板屋工地，開始堆砌石牆。堆砌

堆砌石牆的工作期間，二十幾個工人，在伍玉龍老師的帶領下，把石頭一塊一塊的疊上去。

石牆不單單只是把石頭堆疊起來，最困難的是把每一塊不同大小的石頭堆疊起來。就好像堆積木一樣，慢慢拼接起來。沒有抓到訣竅，會感覺做一件重複性的工作，而提不起勁。當族人砌得不好，他也不會發脾氣，而是自己示範給族人看，一面牆重砌了好幾次，原本不耐煩的族人，看到伍玉龍老師，總是把每一塊石頭擺放的位置，都看得很重要，開始收起心中煩念，跟著老師一步一步把牆面往上堆砌。望著伍玉龍默默堆砌的身影，讓我感受到他從背工、高山協作、嚮導、登山家、創立公司一路的辛苦，再加上他自己個人的原則及布農族的族群特質。

族人們總算於在五月底，完成石板屋石牆的堆疊（malqutun）後，完成三面石牆

族人們總算在五月底，完成石板屋石牆的堆疊後，所完成的三面石牆。

（sinbalung）。族人們轉移陣地，跟著林宏益老師在山下的南安部落，帶領工班進行樑柱的續接打磨及鑽孔作業、剖石板等工作。完工的石牆，靜靜的在山林，等待工人的樑柱、石板。

卓溪的高山協作們，則在六月開始搬運石板，七月搬運樑柱等木料。協作像螞蟻雄兵，接力似的在八通關越嶺古道扛著、背著分配到的材料。將材料放在佳心石板重建工地後，靜靜地在工地休息，轉身又背下一趟。三面石牆就這樣看著協作來來回回二個月。為了能夠順利往下一步進行，協作共搬運石板十噸、木料十二噸，終於在七月底完成搬運的工作。

七月二十二日，工班的原班人馬重新回到佳心工地，進行工寮等場地復原與搭棚、前牆

族人們用了一些的巧思，製作了充滿原味美感又安全的工作平台及階梯，竹子支架，風倒柳衫棧板，雜木扶手。

塊石撿拾、背牆及兩側排水路施作、重新放樣及柱洞挖掘等工作。工班的包爺（Sauli）興奮的告訴我，他們這兩個月搬了哪些材料，石板（bistav）、柱子（qaul）、屋樑（bonku）、橫樑（balat）等。他之所以那麼興奮，這些材料搬上來後，工地整修完，就可以再碰觸到三面牆，進行工程的下一步。

八月十六日，放在石板屋上面的帆布裂開，無法完整的遮蓋住工作平臺及石板屋內部，這樣造成已經做好的人字木及柱子濕掉。所以臺東大學的工作人員啟弘叫我背帆布上去，還有工班Sauli交代的菸、檳榔等個人物品，一起背上去。九點半從登山口出發，感覺自己就像《那人、那山、那狗》的郵差，要把重要的東西，送到工班的手上。

靠近右下方的三角形牆面為東牆。屋內要有十二根柱子。圖片已完成十一根柱子，第十二根柱子為musuqis，埋有孩子的屋內葬。不能往下挖。

那天的工作，是將最後一個柱子立起來，這個柱子位在西側的後柱，並且放上人字木，連接西側脊柱、西側前柱。家屋內的四個柱子和人字木就可以完成。

立西側後柱的作法，和其他柱子不一樣，主要是西側後柱的位置，有屋內葬的痕跡，不能往下挖。族人說這個應該是剛出生的嬰孩墓，雅各大哥說：「這個剛出生就死的嬰孩，老人說這是musuqis，又回去母親的肚子的意思。」所以族人決定，不要在這個位置挖柱洞，用泥土鋪平再用石板墊，柱子就立在板上，這樣就可以不用往墓地挖一個洞立柱子。因為是有musuqis的地方，所以張忠義大哥準備了酒，祭拜後，再把最後一根柱子立起來。

人字木完工。

接下來的工作，因為沒有往地面挖洞，就是把西側後柱多餘的位置鋸掉，然後做柱礎的動作，用火燒，這樣才不會有蟲吃掉柱子。之後就是把人字木立起來，這是最後一排的人字木，他們覺得這是最難的地方，因為很難一下把兩根人字木組合起來。

經過一番的努力，終於把人字木立上去，一個階段性的工作又完成了。

十月二日，張緯忠和他弟弟（張緯浩，他的族語名字和他的高祖一樣，都叫Banitul）同

張緯浩。

時出現在登山口，我在登上口拿出今天中午的中餐，當成祭拜品，緯忠也拿起酒杯，跟祖靈說話，在蓋石板屋的過程中，緯忠因為工作的關係，只能默默的看著、祈禱著。

我跟緯浩，走到山風一號橋，他背著山上需要的物資。他想起在工班的時候，緯浩扮演著工人和爸爸的橋樑。因為張緯忠的爸爸，在蓋這個石板屋時壓力很大，部落、族人輿論的壓力，尤其是禁忌的議題，到底要不要蓋、有沒有做祭拜的儀式等，這都是壓力的來源。這股壓力有時會反應在工班，不小心脾氣一上來，就會兇工班同事，那一次是在疊石頭的時候，緯忠的爸爸請人傳工具，結果沒有人聽到，遲遲都沒有傳工具，氣到往地下丟石頭。有幾次會和老師爭論石板的大小，木材的裁切，林宏益和伍玉龍要求精準，有時工班覺得可以承重，搭好就好了，工作的想法一直在磨合。

有一個晚上，我睡在工班的帳篷，看著緯浩和他爸爸的背影，緯浩對他爸爸說：「你不能對同仁和老師這樣兇。」爸爸說：「有時候就不知道，就脾氣上來。」緯浩：「不能這樣子！大家都想把房子弄好。」爸爸：「我知道！」緯浩就是這樣扮演著協調的人物，從中也學習長輩的智慧。他一步一步的跟隨著父親的腳步，走進祖居地，走進石板屋。

工班來自各地、各家族，還有世代的差異，大家都是第一次參與這樣的工作，不論來自何處，在山上大家都遵守禁忌，並且互相達成工作的默契。工班的管理在互相扶持中，慢慢建立。

大家剛開始都無法理解林宏益老師、伍玉龍老師對石板堆疊的堅持，最後，工班的人自己都會自我要求，認知到如果疊石不一開始疊好，就可能影響到後面木架結構的架設，而開始要求自己工作的品質。緯忠的爸爸則慢慢改變自己的脾氣，尤其做到一半，他慢慢認知到，為什麼老師們會那麼注意細節，因為錯誤是會慢慢的累積。寧願現在慢慢做好，也不要事後大整修。

這半年，工班的族人跟著設計師宏益老師，一切從零開始，一起打造這棟家屋。老師用數字、系統化，與工班合作，因為工班欠缺完整家屋營造的經驗，當他們在鋪屋頂的屋板時，他們害怕摔破、摔下來。老師則說，不會摔下來，這些都是經過數字算過屋頂的承重量。以前的祖先用實作來增加自己的技術，現在工班的大哥們，也用實作慢慢建立自己的經驗。工班成員，來自卓溪鄉不同的部落，有的人曾在建築工地待過，有的人只是在山下上過幾堂的石板屋課程，仍一知半解。要讓不同的人，形成一個共識，是老師剛接這個工班最頭痛的一件事。

當工作一陣子，工班伙伴慢慢對自己所做的事有了認知，有了自信，對於材料、構造、工法也可以侃侃而談，也熟悉工程的流程，讓宏益老師鬆了一口氣。但是，原本要在七月完工，隨著風災、熊出沒，工期一直延宕。經費短缺，工班的士氣每況愈下。每週一都要從臺北搭普悠瑪下玉里，週五再回臺北處理公司業務。佳心來來回回膝蓋都出了問題。在山中潮溼、蟲子也多，因而得了蕁麻疹。卻也不時為工班加油打氣。

忍著膝傷，在工作架、屋頂爬上爬下的跟著族人一起工作。理想性十足的他，在傳統知識斷層、諸多現實條件權衡下，選擇最符合計畫精神、但也最辛苦的方式，帶著平日務農、非技術人員的工班大哥們，在南安的驕陽下、佳心的滂沱大雨，一步步完成人字木、橫樑、砌牆、屋頂石板鋪設等各項工序。過程中，柔中帶硬的他要求木構接合精準、牆體疊砌穩固，不斷修正錯誤。

記得我陪林宏益老師走到佳心，一路上說著布農族石板屋在建築史上的特殊性、石板屋重建的意義，可以看出他對這份工作的看重。雖然已經近乎志工的協助，但仍不放棄的期待石板屋蓋好的那一天。

在工班族人們同心協力的工作下，族人們完成了家屋修復最艱鉅的人字木上扁柱工項。族人們用了一些的巧思，製作了充滿原味美感又安全的工作平臺及階梯，竹子支架，風倒柳杉棧板，雜木扶手。在重建的過程裡，族人開始將學習祖先蓋房子的智慧應

工班和伍玉龍大哥的合照。

用在工作上。布農族雖然具有疊石牆，有承重牆的概念，但是房子還是以木框架系統為主，房子內的脊柱跟人字木的構造，其實內含不少祖先巧妙的巧思，傳統上人字木搭接的技術，不是固定接，而是兩個人字木搭接之後，用藤綁起來，地震時就不會吃到柱子，這樣可以把地震的力量釋放掉。地震來時基本上是可以消除一些地震力的。另外，屋頂石板斜排重疊，這樣雨水才不會順著牆壁下來。所以整棟房子，是祖先向大自然學習蓋出來的房子。這棟房子可以看到布農族在面對大自然特有的在地智慧。

在力求傳統的工法，還是會考慮當下人力、技術的因素。工班的工人們在傳統技法斷層下，技術沒有像先人那麼精準。每一片石板都厚了二到三公分，所以屋頂重量也會比先人重二到三倍，柱子也要跟著粗厚起來，人字木就不能像以前用藤綁，所以就會用一些現代結構的方式解決，只能用現代方法重現布農族抵抗地震力學的原理。

從紙上作業到實際執行，工班的族人和老師一塊一塊的將佳心的石塊疊起來，慢慢蓋出石板屋的形體。

這幾個月在山中打滾的歲月，宏益老師和工班大哥一起創造了許多擲地有聲的故事、繽紛的回憶。

淚之路上的報戰功

在實際建造這棟石板屋的過程中，我擔任營地整備、剖石、步道與耕地修復的記錄者，和代表臺東大學上山陪伴族人工作，聯繫山上與山下的工作人員，保持山上工作能順利進行，每個月幾乎都要來回佳心四到五趟。每次走進佳心，都會陪不同的人，一同入山，每個人在做這份工作的時候，都有了自己的故事。

我跟著文化局的承辦員孟莉一同入山，我們一路上分享著對這個空間的想像。他說lumaq是布農族孕育生命的地方，也是族人在山林間生活棲居的核心。家是族人在山林生活最重要的源頭，從家開始，建立了耕地、採集的地方、獵場、獵寮、引水源、取材，部落聯絡道路。在這裡，族人開始為這裡命名，產生具有文化意義的地景。當家屋建立

回到Sauli的祖居地Tungangan。

了，孟莉說這些只隱含在布農族人對自然大地的獨特方式，會因為家屋的修復，而重新再現。我走在淚之路，日本殖民政權也知道家屋對布農族的重要性，直接開一條道路，開進部落，了解布農族人對這空間的想法，再重新轉化為日本殖民空間的概念，蓋駐在所、學校，讓布農族人的生活空間產生變化。

在這條歷史之路上，布農族人經歷了與鄒族的交戰，經歷了清朝、日本政權的交替，我們將在此與過往相遇，產生了一層又一層的激盪，一直到集團移住為止，空間徹底的改變了。

全臺灣的原住民集團移住在一九三二年以前，大多是個別部落的移住行為，但一九三三年之後，則明顯的出現許多大規模甚至整個部

Sauli大哥坐在家屋後方的大石頭，指著他的祖居地。

落群的集團移住。[1]如布農族之郡社群、丹社群、巒社群，幾乎一次就全部移住完成。而拉庫拉庫溪的部落，則集團移住到バネタ（今卓溪）、卓麓（今卓樂）、鹿鳴（今南安）、清水、コノホン（今古風）、イソガン（今崙天）、タバ溪（今秀巒）、石壁（今石平）等九處[2]，至一九三五年（昭和十年）中，共移住十二社一百二十六戶、達一千四百三十四人之眾。[3]

一千四百三十四多人，陸陸續續走在八通關越嶺道路，遷離自己的家園。我想像著與一千四百三十四人，一同走在這條路上，拉庫拉庫溪的部落名，慢慢的轉變成地名。一路上卻經過了很多駐在所、山風二號橋，還有臺灣總督府交通局遞信部。這些歷史的痕跡，都讓我想起淚之路：

這是一條恐怖之路。聯邦軍隊對Cherokee並不同情，以趕路優先。直到天寒地凍隊伍難以前進，才在Memphis停駐紮營。旅途勞頓讓許多族人病倒，貧乏的生活條件使傳染病易於傳播，死亡人數不斷上升。隔年春天抵達Oklahoma時，Cherokee族人只剩下出發時的四分之三，估計有四千人死於途中。

這不單單只是人的死亡，在遷移的過程中，也是文化的消滅。悸動於步履在史跡中的布農家屋與日警駐在所，一百年過去了，歷史的恩怨情仇像沉澱而平靜的遙遠記憶，但它真實的發生過，也成為這塊土地的一部分。

石板屋的工作，是重新連接這塊土地的開始。經過幾個月的辛苦勞動，有了一個小小成果，在山下完成的木構架和十噸重的石板，一片一片的在高山協作的協力下，都搬到佳心工地這邊。重要的木料和石板，都放在佳心石板修復工程的場地，深怕有所損失，於是讓Sauli、張忠義大哥留守。他們整整留在山上兩天。筆者和高山協作林永成，一起背一些物資上山，順便也陪他們下山。

到達工地前，族人都會呼喊，讓留守在工地的族人，知道有人來了。我也跟族人一樣，向山林呼喊，感覺除了跟留守人打招呼外，也跟祖靈說一聲。石板屋的修復，讓這裡越來越有布農的氣息。

到達工地，留守的大哥已經把工地清理整齊。中餐也煮好了，看到我們的到來，招呼我們吃飯，並且聊聊這幾天的工作狀況。吃飯後，Sauli大哥突然說：「工作也完成到一半，我們一起報戰功（malastapang），說出自己的功績。」Sauli用水瓢裝湯，就往我這邊傳，我只能接受這一杯。我沒有功績可以在祖先土地大聲呼喊，只能呼喊出真的很高興來到這個地方工作。看著年輕的高山協作、年長的Sauli、張忠義大哥，可以自信的報出事績，是一件很動容的事。

想想應該有八十多年來，報戰功的聲響不曾在這裡傳唱了。張忠義大哥說，未來石板屋完成，應該會有更多人在此報戰功，唱出更多布農的歌謠。

報戰功完畢，我跟Sauli大哥坐在家屋後方的大石頭，大家都習慣叫他包爺，這個名字是他之前帶隊時，山友稱呼的暱稱，久而久之，不論老少，大家都習慣這個名字。他指著對面的山叫kunaha，是踩起來輕輕的意思。那裡長滿了杜鵑，杜鵑的根系和落葉讓地面踩起來軟軟的有彈性，因而得名。

想像著群山看不到的後方，是巒群從南投翻越的第一座山秀姑巒山（manqudas）。家屋的對面有阿布郎（apulan）、tungangan、阿桑來戛（asang daingaz）等，除了阿桑來戛、阿波蘭、喀西帕南社之外，巒社群在拉庫拉庫溪中下游還建立以下部落：馬戛次托、塔洛木、異祿閣、伊霍霍爾、佳心、哈比、塔里沙南、卓麓、卓溪等社。這些都是巒社建立的聚落，Istaspal家屋都是從對面遷移過來的。以前曾居住在這家屋的人們，是不是也曾在家屋後方的大石頭上，指著對面山，說出每座山的故事、傳說、歷史。

我再次順著Sauli手指的方向，在朦朦朧朧的峭壁間看到一個昔日清古道（dan taulu）的必經之地，其中一個舊部落叫Tungangan，那裡有很多一種楠科的樹，這裡有很多這種樹。Tunganngan就位在佳心石板屋工班的對面，這個舊部落也是Sauli家族建立的部落，他說是他的太祖（臺語）所設立的部落。從佳心看對面的Tungangan，是一片的大崩壁，但在崩壁的中間卻有一處大森林，部落就位在那裡，族人在那

臺灣總督府交通局遞信部。

邊建造部落，卻可以躲過大崩壁處。應該也是循著老人家的智慧——部落要蓋在山豬生小豬的地方（sinuk）。在花蓮縣卓溪鄉內，早有傳說拉庫拉庫溪以北地區的土地擁有者（taimi dalah）為tanapima氏族，也就是Sauli的家族，也是我媽媽的家族。

五十幾歲的他，原本沒有去過這個祖居地。前幾年在也是在林淵源的帶領之下，第一次回到這個地方，在老家祭拜祖先，眼中泛起淚水，高興的與祖先相遇。之後，他用鄉公所返回祖居地的經費，帶領著家族後人後輩，重返祖居地。

坐在居高臨下的大石頭上，Sauli大哥看著對面的Tungangan。Sauli大哥的心裡不知在想什麼。想要在自己的Tunganngan蓋自己的石板屋嗎？雖然目前是在Istasipal家族的土地上蓋石板屋，其實就是為自己、為布農族蓋房子。Sauli扮演著工人和設計師的橋樑，三不五時扮黑臉，有時只能以身作則，讓工人知道現在是工作的時間，很多心酸放在心頭，只能鼓勵大家：「我們都在自己的土地上，建築一棟屬於布農的房子。」

1. 林澤富〈日治時期南投地區的集團移住〉，頁八八。
2. 竹澤誠一郎撰，〈玉里奧蕃移住〉《理蕃友》，昭和十一年三月號，頁八。
3. 竹澤誠一郎撰，〈玉里奧蕃移住〉《理蕃友》，昭和十一年三月號，頁二。

重新點燃火苗

落成典禮的前一天，我和啟弘，還拉一些曾經在這裡幫忙過的Husung等四個人，一同回到石板屋，為落成典禮的場地布置。啟弘把落成典禮看得很重，把它當成這份工作的畢業典禮，他陪著工班也有一年多，對這份工作、這群人產生了濃厚的情感，我想應該還是有那麼一點的感傷。

我們四個各自尋找自己的工作，Husung把這一年的工作的照片，放在石板屋旁的大石頭，讓隔天參與的人，看見這一年石板屋修復的過程。我則是從屋內掃地掃到屋外，把廢棄的工地材料，集中整理，希望呈現石板屋最美的一面。啟弘提醒我們還有哪些工作要做，放祭品的桌子擺好了嗎？明天點燃三石灶的木材找好了嗎？我們一步一步按照啟弘的指示布置石板屋。

我們四個人最期待的時刻，就是要把搭建在石板屋上的帆布拉開。當下的心情就像部落格上的開箱文，充滿著期待，沒有帆布的石板會呈現什麼樣的景色。

把帆布拉下的那一刻，心也震撼了一下，石板屋完全與大自然相融合。回首那些年跟著林大哥跑山林，找石板屋遺址的年代。當時，完全沒有想過會在國家公園內，重現一座石板屋。現在我竟然可以跟著長輩，一起修復石板屋。並且在這一天，親眼看見石板屋重新矗立在山林裡。

場地布置後，我們在回程的路上，看見張忠義的家人陸陸續續的前往佳心。傍晚的這個時間點，碰到他們有點奇怪，我問了他們其中一位家人，她說他們很緊張，隔天要準備很多東西，想要提前上山，最重要的他們睡在山上，祈求一個好的夢占。

布農族是很相信夢占的民族，透過夢占，讓這個石板屋有好的開始。

這一年真的像是作了一個很長的夢，一場有關於布農族如何在這裡燒墾、舉行小米祭、建房子的夢。我們還在繼續尋找夢，從夢中解決問題。布農族人雖然在日本的集團移住，脫離了原來作夢的地方，但我們沒有哭泣，還是一路的往前走。

回到山下，我在臉書上，看到這個鄉公所的粉絲頁，留下這樣的訊息：

笛娜走了五公里來到海汝一千多公尺的石板屋。

Istasipal家族後裔張玉發與女兒。

卓溪不同的家族Takisvilainain氏族、Tanapima氏族、Naqaisulan氏族、Istasipal氏族，一同參與石板屋落成典禮。

明天（十二月三日）【佳心石板屋】的三石灶將再度點燃火苗，上午七點至八點將陸續於瓦拉米步道登山口出發至佳心，歡迎鄉民帶著族服一同參與，一起見證這歷史性&感動的一刻。

（儀式將於十點在佳心石板屋舉行，請斟酌上山時間，並注意安全）

我們都期待著三石灶重新點燃的時刻，這不單是Istasipal家族的石板屋的三石灶重新點燃，也代表著卓溪鄉布農族人，甚至是象徵整個布農族人的三石灶，重新在傳統領域點燃。

落成典禮這一天，我帶著笛娜前往佳心，一個八十歲的老人家，一步一步的慢慢前進，見證這一刻。卓溪鄉的鄉民，一同扶老攜幼從登山口往佳心前進，古道上一長排的人群，就好像卻洛奇族的族人，一排長龍的走著。卓溪的鄉民，帶著愉悅的心情上山。讓我想起淚之路，連綿不絕的人群，雖然辛苦，只是我們試著把淚水轉化成汗水。

「街道旁的人群都哭了，但卻洛奇族（Cherokee）人從不哭泣，……；他們高舉著死去的親人的軀體，繼續昂首闊步的前進；你察覺不出卻洛奇族族人的悲傷，卻洛奇族的靈魂是看不見也無法被奪取的。」《狼之心》（風潮音樂）

張緯忠帶著他念國小二年級的小孩張峻璟，自從日本政權將佳心社遷移下，從Banitul算起來，他是第六代的後輩，重新回到祖居地，踏進重新建造的石板屋。

我陪著笛娜一路往上走，四公里的路，走走停停，我配合著笛娜的腳步，比我們慢起步的人，都追上我們。背山豬的伙伴們，也追上我們。包爺也追上我們，包爺要叫我的笛娜為姑姑，雖然是晚輩，但是長年在山林，對Tanapima的遷移非常的熟悉。我的笛娜則對族群歷史變遷的知識較少，年紀很小就換婚（palabas）到我們的家族Takisvilainain。我把笛娜帶到佳心石板屋，她其實不知道她的家族就是從對面過來的，她的一生就在卓溪中正和太平村中平部落待著，這一趟路程，我指著對面，跟笛娜說Tanapima氏族就是從那邊下來，她說：「那應該是很遙遠的時間了，房間也都塌了吧？」

落成典禮一開始，司儀把曾經參與這棟房子的族人，一一唱名。這群人大部分都是獵人、農夫，還有原本工地的族人，有足夠的彈性時間，配合山上工作的時間。年輕人則無法空出那麼多天在山上，所以較少年輕人參與。很多山下的族人一開始並不看好這工班，總認為他們原是沒有工作的一群人，進入山上後，他們卻都是對山林熟悉的人、了解山的人，在山上生活難不倒這群人。活動收尾時，Istasipa 氏族還有工班的人一起合唱，小孩子們在屋頂跟著哼，那種和諧感就是一個好的開始，因為合音意味團結，團結意味惺惺相惜，同一屋簷下（tustu lumah）、同一鍋飯（tustu baning）的情感。

布農族Istasipal家族後裔張玉發情緒激動，哽咽到說不出話來，相隔八十年，這個布農家族終於回到位在玉山國家公園內的老家。張玉發表示，「回憶我的祖先曾在這裡住過，所以我就想說我今天很高興，希望他能很高興，因為我這年紀，還能夠爬到這地方來。」Istasipal族人穿山越嶺，即使中途休息了十幾次，堅持讓族人走下去的，就是再次見到超過半世紀前的祖先家屋。

這一天來了很多官員，一同感受族人家屋落成的喜悅，在他們人生中，他們可能只

前方為張緯忠的兒子張峻璟。

來這一趟的機會。但對這些工班和我來說，可能是夢想延伸的地方，傳承祖居地營建技術，舉行布農族家屋祭典儀式、成為在地知識的解說人員，工班們拿起山林中的火種（Sang），升起了火苗，火是否能一直升著，就是要看我們能不能常常回家（mulumaq）。這把火能不能影響拉庫拉庫溪其他的家屋，就要看我們自己的心、靈力（is-ang），能不能持續做這件事。靈力是會感染的，如果我們靈力的氣息分散在這棟lumah內外，其他人也勢必要被我們所感染，然後對祖居地盡心盡力。

這天我們與Istasipal的族人回到了祖居地，與眾人在重建的石板屋門前合唱kulumaha。

終於回到家了，根一直都在，我們一同用歌聲，告訴後代別忘了自己是誰，以及我們的家在哪裡。

在淚之路，用石板屋來說故事

美國將當年印地安人被迫遷徙的路徑列為國家歷史步道，稱為「淚之路」，國家公園管理局也以「不正義的旅程」（A Journey of Injustice）來定義這段歷史。（中時電子報，二〇一六年四月二十三日）

回到Banitul被逼迫搬遷佳心的那一天。進入了日本昭和年代，Banitul看著拉庫拉庫溪流上方Idaza，大分、喀西帕南、大分的族人，舉家搬遷，背著衣物往山下走。Banitul覺得已經無法抵抗日本警察的勸說，在半威脅恐嚇、半勸誘的情況之下，他開始叫自己家族的男丁，背起一片一片的石板往山下走。

族人們把屋頂的石板，一片一片的放在背架，順路把石板背下去，背到卓樂附近。族人們，眼光泛淚的看著這曾經一手蓋起來的家屋，咬著牙，背起裝滿食物和衣物的背簍，默默的跟隨Banitul的腳步，走在日本人蓋好的八通關越嶺道，這條道路就像一把插入中央山脈心臟的尖刀，掐著族人們的喉嚨，逼著族人往山下遷移。

八通關越嶺道，把Banitul家族及整個拉庫拉庫溪的布農族人，從這條路上，遷移到現在卓溪鄉，山中的家就這麼逐漸湮沒於山林。

民國之後，林務局與國家公園先後接管，如今這片山區被稱為「玉山國家公園」，在古道口掛了步道解說牌，一路往深山走，沿途可見許多巒大杉與柳杉的造林地。

現在這塊土地，已經是國家公園和林務局管理，要重新蓋出石板屋，還是會處處受到限制。沿著古道進入祖先的土地，看到日本遺留下的遺址、國家公園的保育解說牌、林務局的柳杉，卻看不到布農族人自己的遺址，而過去的布農家屋就躺在遊人不曾停駐的步道之外，沒有人知道轉個彎，就可以了解布農族的歷史。

重建家屋是要讓更多人看到我們的故事。在修復房子的過程中，充滿辛苦，與團隊一起工作的部落青年、耆老，基本上都是以務農、工地為主，族人們沒有經過正式的專業訓練。只受過一個月的石板屋傳習班訓練，這些受過訓的學員，成為石板屋工班的成員。

來到佳心後，疊石牆都是工班一塊一塊石頭疊出來。一片一片的石板，都是族人們用鑿刀一片一片自己鑿出來的，木柱的開槽，也都是工班雕出來的。辛苦的工作，是為了在祖先的土地上，蓋出布農族的房子。

這裡無法用大型機具，所有的工作都是人力才能施工。這些對雜牌軍，對非專業的族人來說，都是困難的事，但這些都在工班的努力下，一一的解決，並完成了這棟房子。工班在這件工程，增加了自信心，一件消失百年的石板建屋知識，慢慢重新接回，也重新在祖先使用過的三石灶，點燃火苗。

期待還有同樣的機會，用手建造祖先的石板屋。

族人希望能在這條路上，說出這棟家屋的故事，讓外地遊客、族人，讓後代了解到布農族人的歷史、故事。

以前講拉庫拉庫溪流域的歷史時，大部分都是講大分事件，但二十幾個重工班成員修復這棟房子，每個人都成為故事，用自己親身參與蓋房子，把自己的經驗分享給大家。

我們現在做的都是全新的開始。

在一些文獻中曾經提到，布農族人似乎將家屋視為一個孕育生命的子宮，它的出口，一個在屋頂的天窗，是對天的，一個出口，在正面牆的門，這是人日常出入的。「Bunun」這個字的意思是「人」，也指「未出殼之雛雞」、「未離巢的蜂」。那麼人相對於家屋，有如蜂相對於巢，孵化中的雛雞相對於蛋殼。[1]我們都像是「未出殼之雛雞」、「未離巢的蜂」慢慢回到孕育生命的子宮，回到自己的家，說出自己的故事。

大家齊心同力完成的石板屋。

在Mai lumah舊家屋、Mai-asang舊家園，即使很多家屋都查不出是誰家的了。但那裡是我們布農族人的信仰與歸屬，如何保住以前老人家山上住過的地方，對於布農族人的自我認同是很重要的事。

我們一同與Istasipal家屋修復的族人，在淚之路上，讓回家的一步一步往前行，在祖靈的呵護和叮嚀中，逐步踏實的前進。這些工作是為了重新連結卓溪鄉布農族人與祖居地的牽繫，追尋歷史記憶。

透過蓋石板屋，重現百年前布農族人山居生活地景，傳承先人與環境互相適應創造實踐的生存智慧。

落成典禮結束後，我因為太高興，我接下族人一杯又一杯親自釀的小米酒，而酒醉。我曾經聽過耆老說，以前的人，會去部落的對面參加親友的重要慶典。慶典結束之後，還是要踩著不穩的步伐回家。那時我無法相信，如果我喝醉了酒，如何踏在這有如峭壁的古道上。

當我參與石版屋的過程，每天行走在這條道路上，我發覺自己好像與這條路相結合，走到哪，危險就在哪。我跟著祖先一樣，搖

落成典禮前，特地著布農族服飾，前往石板屋前，想像著與祖先同行的日子。

搖晃晃地高興的回家。

在登山口，我的笛娜早已經在那裡等我。我怕笛娜腳步較慢，請姪女先把她帶下山等我。笛娜坐在登山口跟我說，你要誠心與靈呼喊makalus。我靜下我的心與靈對話：

Katu suqnu nakin na qanitu itu sang makilavi mulumaq. asa makilavi mulumaq, pisihali mudadan pisihalavang sanavan tona lumaq masabaq.

不要把身上的靈留在山上，一路上平安，一起回家，並且安穩回到家中休息。

說完我才開始了解到，我與族人完成了一件事。我們的生活就是靈與現實生活交錯著。文字的書寫，也是與靈的對話。

1. 佐山融吉著、余萬居譯，一九一九《蕃族調查報告書武崙族前篇》。臺北：臨時臺灣舊慣調查會，臺北南港：中研院民族所。

後記

再次走進太魯那斯駐在所

二〇二一年二月，玉山國家公園協同林務局花蓮林管處，帶領卓溪鄉登山協會的布農族人們、樂葉樹藝ArborSoul團隊等組成二十二人隊伍，經歷了十一天，執行一個任務，進行八通關古道太魯那斯駐在所危木移除計畫。卓溪鄉的高山協作，這次負責背兩百多公斤的糧食器材，以及一百多公斤的裝備。

第一次走進太魯那斯駐在所，是在二〇〇二年，林淵源（Nas Qaisul）的兩個兒子，國小三年級的志祥和他的哥哥志忠，也被大哥一起帶上來。那一晚，林大哥的小兒子志祥夢到了一個老人，黝黑皮膚的老人，靜靜地看著他。他嚇了一跳，從夢中驚醒。當時的風很大，把附近的芒草吹出聲響，他把林大哥叫醒，想要排除心中的害怕。隔天，林大哥不經意跟我們談起這件事，Nas Qaisul大哥說，他曾經在阿布郎（Abulan）夢到一個

二〇〇二年林淵源（Nas Qaisul）的兩個兒子志祥與志忠。
Liang-Ping Yen拍攝

白髮老人，夢中老人對他說：「他想吃香蕉。」這個夢，我每一次跟著大哥上山時，都會從他的口中提起。夢中的老人家，好像在告訴他，要他好好的照顧這片山林。他認為這位白髮老人和志祥看到的那個老人是同一位，似乎告訴他們這是一個緣分，這個小孩會與山林有很深厚的聯繫。

那一年在大分，大哥們透過在休息日的這一天，進行槍枝歸零校正。林大哥握著他小孩的手，讓小孩試著瞄準目標物，記憶中已經忘記他是握著志祥的手，還是志忠的手。但是大哥扶著槍，讓小孩射擊的畫面烙印在我的心中，那是一種山林知識傳承的畫面。自己心中也希望能夠從林大哥的身上接下棒子，努力接受長輩、大哥們的知識。但

二〇〇二年回到太魯那斯駐在所。由左而右：沙力浪、林淵源、志祥、志忠。Liang-Ping Yen拍攝

是，永遠趕不上林大哥的腳步，永遠記不住對面山的形狀，來對應現在的路線。無法判斷哪一條稜線，可以走向目的地。有時候，一個小小的錯誤判斷，都會造成心中的挫折。那時，我全身包裹在睡袋中，時常想著能不能夢見老人，認為見到這個老人，就像是被認同為繼承大哥在山上的位置。從此，每次在山林中，都會想要夢見這個老人。當然你越想夢見這個人，他越不會出現。久而久之，這個想法逐漸消失在腦海中。

二〇〇〇年第一次跟研究團隊入山，那時調查團隊中原大學登山社，主要調查日治駐在所及布農族舊部落

樂葉樹藝ArborSoul團隊。

調查。下山，一位大哥跟我說：「要好好學習，不論山上跟林大哥或山下學校的學習，拉庫拉庫溪的工作是未來可以做的事，我們這群人，都只是短暫在山林待一下，但你不一樣，你們的祖居地在這裡。」幾十年過去，看著同隊的隊友，一一在其他領域發展長才，我好像被拉庫拉庫溪綁著。

尤其是二〇一六年，大哥前往天上的mai-asang後，開始對於回祖居地，進入山林，慢慢產生出淡出山林的念頭，想要把重心放在山下。這時候，認真的思考，傳承真的是一件壓力很大的事，不是把知識傳下去、不是握著小孩手執槍的畫面那麼簡單。

因為一些機會，讓我參與了佳心石板屋的修復，重新讓我思考，山林對我、對族群的意義。曾經被大哥帶過的年輕人，在這幾年，參與不同的計畫，像是多美麗駐在所，因地層下陷，造成駐在所主入口北側的駁坎外傾。族人搬運石塊，重新組砌，恢復原有樣貌。進行華巴諾駐在所的測繪紀錄。對於族人來說，修復、測繪的兩座駐在所，都是殖民時代的建築物，但是藉由當代族人以雙手、身體的氣力，修復傾頹的駁坎，就好像將過往

殖民傷痛逐一砌回去，以積極的態度回到傳統領域，擔負起歷史文化資源的守護工作。這次清理太魯那斯駐在所危木清除的意義，也是如此。

這次的行程是由高瑩山擔任領路人，從土葛駐在所到太魯那斯這一段路，路跡比較不明顯，這時候就要由高瑩山帶路。看著他找不到路時表情凝重，口中自言自語：「我記得是那棵樹，跑去哪裡了、我記得在這附近休息的啊？」他的行為就好像林大哥一樣，會跟隊友們說：「你們在這裡，我

日治時代布農族人與右側太魯那斯駐在所及族人後方學校合照。一九三三《東臺灣展望》

重新回到太魯那斯，後方學校已崩壞。卓溪登山協會族人由左而右為Sauli、高瑩山、高健翔、魏文豪、邦卡兒、海放南、沙力浪、谷進忠、高健隆、玉管處人員、周平成、Tana、Luku、張緯忠、江健龍、志祥。

先去前面看一下。」找路背影，就像林大哥的背影，默默的承受壓力。

這次的總領隊為玉管處的邦卡兒•海放南祕書，他曾經拉拔了一群巡山員，十幾年被林淵源大哥帶領山上學習，梅山管理站的江志龍，Iitasipal家族的張緯忠，現在都成為了熟稔國家公園各個路線的巡山員。這次也看到巡山員的新血高偉隆，雖然他說他以後不想來這麼難走的路，但是我第一次入山時，也曾經說過這樣子的話。

另一位巡山員新血林志祥，雖然是新血，但是小學就被父親林淵源帶來太魯那斯駐在所，這次的危木工作，志祥已經不像從前，跟著父親的腳步入山。而是以玉山國家公園的巡山員，跟著我們一起入山。當他來到大分山屋，他一直想起跟父親相處的時光，他說：「我記得我們在這裡煮東西、在這裡磨刀，這裡完全沒有一點變化。可以感受到父親的味道。」我的心跟著他的話語上下起伏。想起志祥和林大哥曾經說過的夢中白髮老人。

第一次來到太魯那斯駐在所的高山協作有魏文豪、谷進忠、周平成、高建翔，其中團隊唯一的女性高山協作——黃雅憶（Tana），她為了要體驗高山協作，一直想要跟著我入山，她是我姐姐的小孩。她讓我感受到當初林大哥帶我入山時，會不會跟我一樣，帶領親戚入山時，會小心翼翼看著她的腳步，深怕無法跟家人交代。但是有時候的確是想太多，她有她自己的方式，適應這條艱困的路。

隊中也有一些長輩，帶領我們入山，像是高忠義（Luku）、高新興（Sauli）教導我們山中的故事。其中Sauli大哥是我二十年前第一次上山，一起帶領我入山的大哥，他持續跟著年輕的族人，仍然是隊伍中的開心果。二〇二〇年，辦了一場卓溪登山協會的高山嚮導課程，從南投東埔走回花蓮南安部落。走到第三天南營地出發，我掉落到小溪谷，左手臂肩關節脫臼。這是我行走在山上，最嚴重的一次掉落事件。心中一直想著為什麼會發生這樣的事。是粗心大意？是忘了做祭拜的儀式嗎？是巧合？再一個小時就要進入二十年前，林大哥把我介紹給祖靈們，我是誰家孩子，希望好好的帶領這個孩子。

一小時之後，來到大水窟，我跟著Sauli拍了一張合照。為什麼要在大水窟特地拍一張照。二十年前，我第一次被林大哥帶上山時，Sauli大哥也是隊員之一。二十幾年的過程中，我們陸陸續續在祖居地同行。二十年後，我們選在同一個位置拍了一張照片，紀念這二十年的情誼。

我忍著痛，繼續走未完成的行程。剩下的這一段路上，我的姪女黃雅憶幫我背我的背架，戴著我的頭帶，我的公裝有一半的重量由她背負。二十年前，我第一次被林大哥帶上山時，危險路段都會提醒我的腳步。這次是雅憶第一次大縱走，換我時時提醒她踏點有沒有踩穩。透過這次大縱走想要讓她了解布農族遷移歷史。原本是要跟林大哥一樣，守護著後輩，走這一趟路線，卻沒有想到變成被照顧的人。即使有二十年的登山經驗，在山林裡仍然要注意自身安全。

忍耐了四天，回到山下，到醫院尋找治療。醫生診斷出左手臂有小骨折，需要開刀。開刀前，麻醉醫師為我施行全身麻醉，讓我進入睡眠狀態。我感覺到自己並沒有睡著，醫生和護理師都不知道去了哪裡，我的眼前一片白，Nas Qaisul由遠而近慢慢地走到我眼前，旁邊跟著一隻黑熊，亮白的天花板，讓黑熊胸前的黃白色V字形，非常明顯。林大哥一句話都沒有說，只是靜靜地看著躺在病床上的我。林大哥和黑熊就這樣看著我有一段時間，然後慢慢的離開我的視線。我試著叫大哥的名字，卻叫不出聲音。我用盡全身的力量，還是叫不出聲。當我試著起身拉住大哥時，在護理師眼中，我全身抖動；當我試著叫出聲音，呼喊大哥的名字時，在護理師耳中，我只是口中發出痛苦的呻吟聲。護理師努力的安撫並將我推離開刀房。麻醉藥退去，我才慢慢的意識到這一些都是夢。

這個時候，我已經不在意能不能在夢中見到那個山中的老人家。每個人都有屬於自己的夢，剩下的路，我們必須走下去。不同區域的布農族人，在面對國家與傳統領域，

Luku背伐木工具。李俊賢拍攝

山友與族人種種的衝突，有不同的方式。但相同的是，我們在自己的家園，尋找夢想。

這一次的太魯那斯駐在所的行程，雖然沒有林大哥帶路，但我們持續地走著祖先的路。這二十年來，卓溪的高山協作與不同的團體合作，中原大學登山社、東華大學、臺東大學、中研院、樂葉樹藝ArborSoul團隊，進行各式各樣的計畫，透過與不同的團隊的合作，部落族人學習到用不同的方式，進入祖居地的調查，並且進行家屋的修復，一方面回溯與認識百年前祖先的足跡與基業，另一方面以實作的方式傳承傳統技能與智慧。山林解禁後，人們開始看見山林的美、山林的人文歷史，往山林前進，往華巴諾炮臺、太魯那斯駐在所、佳心石板屋，但卻看不到管理的機制，看不到族群整體效益的提升，卻要面對國家與傳統領域、山友與族人種種的衝突，要如何展現原住民族的主體性，進行與國家的對話，尋找平衡點，這條路一直在尋找中。

對於山林政策、國有地、原保地、傳統領域的問題，對於我們這群高山協作來說，是一件沉重的議題，比頭帶背負的重物還要重。能做的就是持續地在自己的傳統領域中走著，用頭帶走出族群的路線。

在山林中努力傳承的家族。Liang-Ping Yen拍攝

玉山國家公園協同林務局花蓮林管處，帶領卓溪鄉登山協會的布農族人們、樂葉樹藝ArborSoul團隊等組成二十二人隊伍的合照。小宇拍攝

高山協作們一步一步的走在殖民建築，修復歷史的傷痕。

Y　角　度　　　　0　2　5

用頭帶背起一座座山：
嚮導背工與巡山員的故事

國家圖書館出版品預行編目（CIP）資料

用頭帶背起一座座山：嚮導背工與巡山員的故事／沙力浪著. -- 二版.
-- 臺北市：健行文化出版：九歌發行，2021.05
256 面；17×23 公分. --（Y 角度；25）
ISBN 978-986-99870-7-3（平裝）

863.855　　110004530

作　　者——沙力浪
責任編輯——曾敏英
發 行 人——蔡澤蘋
出　　版——健行文化出版事業有限公司
台北市 105 八德路 3 段 12 巷 57 弄 40 號
電話／02-25776564・傳真／02-25789205
郵政劃撥／0112295-1

九歌文學網　www.chiuko.com.tw

排　　版——綠貝殼資訊有限公司
印　　刷——前進彩藝有限公司
法律顧問——龍躍天律師 ・ 蕭雄淋律師 ・ 董安丹律師
發　　行——九歌出版社有限公司
台北市 105 八德路 3 段 12 巷 57 弄 40 號
電話／02-25776564・傳真／02-25789205
初　　版——2019 年 10 月
增訂新版——2021 年 5 月
定　　價——380 元
書　　號——0201025
I S B N——978-986-99870-7-3

本書榮獲 國家文化藝術基金會 National Culture and Arts Foundation NCAF 出版補助